APERÇU GÉOLOGIQUE

DU

DÉPARTEMENT DE LA MOSELLE.

Metz. — Imprimerie F. Blanc, rue du Palais.

APERÇU
GÉOLOGIQUE

DU

DÉPARTEMENT DE LA MOSELLE,

PAR C. FRIDRICI,

PROFESSEUR AUX ÉCOLES MUNICIPALES SUPÉRIEURES ET INDUSTRIELLES DE METZ,
MEMBRE DE LA SOCIÉTÉ D'HISTOIRE NATURELLE DU DÉPARTEMENT
DE LA MOSELLE ET DE LA SOCIÉTÉ ENTOMOLOGIQUE DE FRANCE, ETC.

METZ.

WARION,	ALCAN,
LIBRAIRE,	LIBRAIRE,
Rue du Palais, 8.	Rue de la Cathédrale, 1.

1862.

PRÉFACE.

En faisant paraître ce petit ouvrage, nous n'avons pas la prétention d'offrir une étude complète de la Géologie de notre département : c'est tout simplement un résumé fait dans le but d'être utile à ceux de nos élèves qui, après avoir suivi nos leçons, voudront faire, dans notre contrée, l'application de ce qu'ils auront appris.

De nombreux et importants travaux, sur cette matière, ont été publiés depuis longtemps ; nous ne mentionnerons que les plus récents et qui sont admis dans la science, tels que les mémoires de MM. Simon, Soleirol, Jacquot et Terquem. Nous n'avions rien de mieux à faire que de prendre pour guides ces précieux documents. Nous les avons donc consultés tout à loisir et nous nous en sommes même approprié le texte chaque fois qu'il nous a paru assez élémentaire pour entrer dans le cadre restreint que nous avions en vue. Nous devons une reconnaissance particulière à **M.** Terquem, dont la science et les bons conseils ont été mis sans réserve à notre disposition.

Puissent nos efforts porter tous les fruits que nous en espérons !

C. FRIDRICI.

TABLE DES MATIÈRES.

NOTIONS PRÉLIMINAIRES.

—

La *Géologie* est la partie de l'Histoire naturelle qui a pour objet l'étude des masses minérales dont se compose la partie solide du globe.

Lorsqu'on examine attentivement la constitution générale de l'écorce du globe, la position relative des masses minérales très-variées qui la composent, et la nature des débris organisés qu'elle renferme, on voit que la surface de la terre n'a pas toujours été la même ; que la plupart des couches minérales ont été formées au sein des mers ; que les chaînes des montagnes qui la traversent ont été soulevées à des âges différents ; que la terre a été dans le principe soumise à l'action du feu, et qu'à cette époque tout élément de vie était impossible ; enfin, que les corps organisés ne se sont montrés que plus tard, et que la vie s'est ensuite développée progressivement avec le concours de certaines circonstances, malgré les perturbations que la terre a éprouvées au milieu des bouleversements qui, à diverses reprises, ont modifié le relief de son enveloppe.

Les diverses masses minérales, les roches, qui composent la croûte terrestre et qu'on a pu observer jusqu'à

1

présent, sont dures et consistantes, comme les granites, les grès, les calcaires ; ou molles et dépourvues de cohésion, comme les argiles, les sables. Leur disposition varie aussi : les unes, formées par des substances cristallines, le plus souvent de silicates, se présentent en masses informes, traversées par des fentes qui les sillonnent dans toutes les directions. Elles proviennent de substances minérales qui, après avoir subi ensemble la fusion ignée, se sont refroidies lentement. On les appelle pour cette raison *roches ignées, roches de cristallisation, roches plutoniques, roches d'épanchement.*

Les autres sont formées principalement de cailloux roulés, de sables, d'argiles ou de limon, et de calcaires. Ces roches se présentent en grandes plaques, plus ou moins épaisses, superposées à faces parallèles et séparées par des fentes généralement horizontales. Elles renferment souvent des corps organisés fossiles, végétaux ou animaux ; elles ont évidemment été formées sous l'eau par voie de transport et de sédiment : aussi les nomme-t-on *roches neptuniennes* ou *roches sédimentaires.*

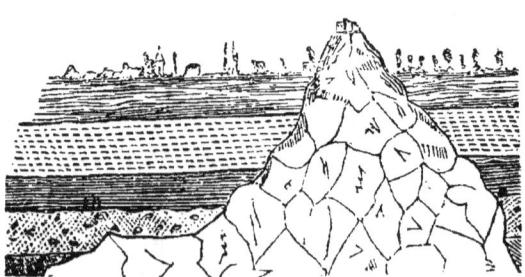

Coupe de terrain montrant la disposition des roches ignées en masses irrégulières, et des roches de sédiment régulièrement stratifiées.

La disposition des roches de sédiment, par couches

ou strates plus ou moins épaisses, leur a encore valu le nom de *roches stratifiées* ; par opposition, on appelle aussi les roches de cristallisation, *roches massives* ou *non stratifiées*.

La stratification est *concordante*, quand toutes les couches sont parallèles les unes aux autres. Il y a *discordance dans la stratification*, au contraire, quand il y a défaut de parallélisme ou de continuité entre les strates des couches en contact.

Enfin, à côté des formations stratifiées, on trouve des terrains qui sont exclusivement composés de matériaux *incohérents* ou *meubles* réunis sans stratification bien distincte. Ces terrains-là n'existent jamais sur une grande épaisseur à la surface du globe ; on les désigne sous le nom de *terrains de transport*, tels sont le *diluvium*, les *terrains alluviens* et les *éboulis*.

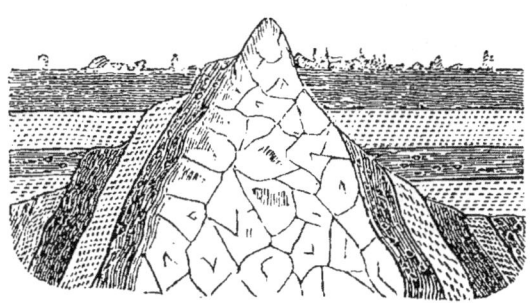

Coupe de terrain montrant une roche ignée recouverte des deux côtés par des couches de sédiment redressées (stratification discordante), recouvertes elles-mêmes par des couches sédimentaires horizontales.

Les *roches* sont donc des substances minérales, simples ou mélangées, qui forment des *dépôts*, des *masses*, des *couches*, parfois très-importantes, et constituent la croûte terrestre. Le défaut d'agrégation de leurs molécules ne change rien à la dénomination adoptée en géologie : ainsi l'*argile* et le *sable* sont des roches aussi bien que les *granites* et les *grès*.

Les principales roches sont, parmi les roches ignées, les *granites*, les *porphyres*, les *basaltes* et les *laves ;* et parmi les roches de sédiment, les *calcaires*, les *grès*, les *sables* et les *argiles*.

Les roches primitives sont formées par l'agglomération de différents minéraux cristallisés, dont les plus abondants sont le *quartz*, le *feldspath*, le *mica*, l'*amphibole*, le *pyroxène*, le *péridot*. Le quartz est de l'acide silicique. Le feldspath est un minéral composé de silicates d'alumine, de chaux, de potasse ou de soude. Le mica est composé de silicates d'alumine, de potasse de chaux et d'oxyde de fer. L'amphibole, le pyroxène, le péridot sont formés par des silicates d'alumine, de chaux, de protoxyde de fer.

Le *granite*, qui constitue la plus grande partie du terrain primitif, est formé par l'agglomération de trois minéraux, le feldspath, le mica et le quartz. Il présente différentes nuances, qui sont dues à ce que ces minéraux sont souvent colorés par la présence d'une petite quantité d'oxyde de fer ou de manganèse. La proportion des trois éléments principaux varie d'un granite à l'autre et parfois dans les faces d'un même bloc. Lorsque le feldspath domine beaucoup, la roche prend le nom de *granite porphyroïde*.

Les *porphyres* sont des granites dans lesquels le quartz et le mica manquent entièrement. Ils sont composés d'une pâte feldspathique qui renferme parfois des cristaux de feldspath, des grenats, du carbonate de cuivre, etc.

Les lames de mica disséminées dans le granite sont quelquefois disposées parallèlement à un même plan et donnent à la roche un aspect schisteux ou rubané. Cette roche prend le nom de *gneiss*.

Les *trachytes* sont des produits volcaniques, d'une époque ancienne. La pâte des trachytes est du feldspath ; elle renferme des cristaux de feldspath qui ont souvent pris un grand développement et présentent des faces cristallines très-nettes.

Les *basaltes* sont des éruptions volcaniques plus modernes que les trachytes. Ils sont composés de pyroxène (silicate de chaux, de magnésie et de fer) et de labrador (espèce de feldspath à base d'alumine de chaux et de soude). Ces cristaux sont d'une extrême ténuité, ce qui donne à la roche une apparence de compacité.

Les *laves* sont des matières minérales liquides qui sont rejetées par nos volcans actuels, et qui s'étendent en nappes plus ou moins puissantes sur les flancs des volcans.

Les *schistes* sont des roches qui présentent une texture feuilletée, analogue à celle de l'ardoise.

Les *poudingues* sont des roches qui sont formées par une agglomération de cailloux roulés, réunis par un ciment siliceux. Ces roches présentent souvent une consistance très-grande et une extrême dureté.

Les *brèches* sont des roches qui ne diffèrent des poudingues que par leurs fragments anguleux et par le ciment qui est souvent calcaire.

Dans les poudingues et les brèches calcaires, les cailloux ou fragments siliceux sont remplacés par des fragments calcaires.

Les *sables* sont formés par des petits grains de quartz désagrégés.

Lorsque les grains de sable sont agrégés par un ciment quartzeux, la roche prend le nom de *grès*. Les grès sont souvent incolores ; d'autres fois ils sont diversement colorés en gris, rouge ou bleu, par la présence de certains oxydes métalliques (oxyde de fer, de manganèse, de cobalt, etc).

Les *roches calcaires* sont formées par de la chaux dont l'acide varie (carbonates, sulfates, fluates, etc.) ; elles présentent des aspects variés suivant l'état d'agglomération de la matière. Le carbonate de chaux est cristallisé dans le marbre, compacte et souvent fort dur dans le calcaire jurassique, et très-peu agrégé dans la craie blanche.

L'*argile* est principalement formée de silicate d'alumine ; elle renferme cependant presque toujours une petite quantité de silicate de potasse et de sable. Les roches argileuses se distinguent par leur imperméabilité à l'eau ; elles retiennent toutes les eaux qui traversent les roches supérieures, de sorte qu'il se forme ordinairement, à leur surface, des nappes aquifères considérables.

Les argiles sont souvent mélangées avec des proportions considérables de carbonate de chaux et de sable ; on leur donne alors le nom de *marnes*.

Les marnes sont dites *calcaires, argileuses* ou *sablonneuses*, selon la quantité de carbonate de chaux, d'argile ou de sable qui entre dans leur composition.

Le *sulfate de chaux* ou *pierre à plâtre* constitue quelquefois de véritables couches dans les terrains secondaires et dans les terrains tertiaires ; d'autres fois, il ne se présente que sous forme d'amas ou de lentilles très-aplaties et intercalées au milieu d'autres roches.

Les roches secondaires se sont formées aux dépens des terrains primitifs qui ont été désagrégés et charriés par les eaux ; mais, en même temps, les substances qui les composaient se sont altérées par suite des réactions chimiques qu'elles ont dû éprouver au sein des eaux et au contact de l'atmosphère. C'est ainsi que le feldspath s'est changé en argile et en sels alcalins ; le quartz a fourni les sables et les grès, etc. La présence des êtres organisés, végétaux ou animaux, a exercé nécessairement une grande influence sur quelques métamorphoses chimiques. Le carbone que nous trouvons dans les combustibles minéraux, au sein de la terre, existait probablement à l'état d'acide carbonique dans l'atmosphère. Les végétaux ont décomposé cet acide carbonique, comme ils le font encore aujourd'hui ; ils se sont assimilé le carbone, et ont dégagé l'oxygène. Les animaux ont fixé les sels calcaires qu'ils ont transformés principalement en carbonate de chaux. Telle est probablement l'origine des couches calcaires qui sont si abondantes dans tous les terrains ; elles ont été formées par des détritus, souvent complétement désagrégés, de tests de coquillages. D'autres fois, les coquilles ont conservé leurs formes primitives, et certaines roches calcaires sont de véritables amas de coquilles (*lumachelles*) dont on peut, encore aujourd'hui, déterminer les espèces avec une précision parfaite.

La *formation* représente la condition sous laquelle s'est effectué un dépôt igné, marin, eau-douce.

Le dépôt sédimentaire dont l'ensemble s'est effectué dans l'intervalle de deux révolutions constitue un *terrain*.

Les conditions d'une formation ont pu se continuer pendant toute la durée d'un ou de plusieurs terrains, ou se modifier à des époques plus ou moins régulières ; par conséquent les terrains peuvent différer entre eux par une composition tout à fait distincte ou par le développement plus ou moins grand de certaines roches.

Les terrains se subdivisent en *étages*; ceux-ci en *assises* qui se composent de *couches* ou de *lits*.

Les terrains dont se compose la partie solide du globe se divisent en :

Terrains primitifs[1] ou *terrains ignés anciens ;*

Terrains primaires ou *de sédiment anciens ;*

Terrains secondaires ou *de sédiment moyens ;*

Terrains tertiaires ou *de sédiment supérieurs ;*

Terrains quaternaires, de transport ou *d'alluvions modernes.*

Les terrains primaires ou de *transition*, les terrains secondaires et les terrains tertiaires, dont l'ensemble forme la masse principale des terrains stratifiés ou de sédiment, présentent leurs couches spécifiées par la nature des roches qui les composent et par les *fossiles caractéristiques* et particuliers qu'ils renferment.

Les fossiles caractéristiques sont ceux qui se trouvent le plus constamment dans certaines couches d'un terrain ou qui n'appartiennent qu'à ce groupe de couches.

Coupe d'un terrain sédimentaire dérangé par une faille
(stratification discordante).

[1] Les *terrains primitifs* sont azoïques, c'est-à-dire, ne renferment aucun élément de substances organiques ; les *terrains primaires* renferment les premiers débris des corps organisés.

Un *système de soulèvement* est l'ensemble des redressements, des fractures ou des dislocations qui correspondent à une même époque de soulèvement.

Les fractures à peu près verticales qui se produisent dans un massif de roches et qui se manifestent par des différences de niveau dans les couches d'un même système, se nomment *failles*.

Les *fissures* sont des fentes accidentelles qui traversent une couche dans son épaisseur, et quelquefois une masse composée de plusieurs couches.

Les *filons* sont des intervalles de failles ou de fissures qui ont été remplis après coup de diverses substances minérales, différant de la roche qui constitue la montagne qu'ils traversent. Ils sont le gisement habituel d'un grand nombre de métaux ; aussi les appelle-t-on dans ce cas, *filons métallifères*. Les *veines* sont des petits filons.

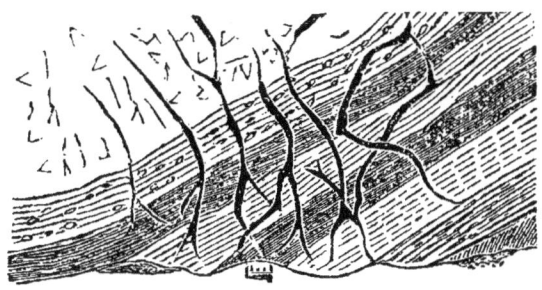

Coupe de roches montrant un système de filons.

Des cavités nombreuses se sont aussi souvent produites au milieu de certains terrains stratifiés, probablement par l'action dissolvante des eaux souterraines. Ces cavités se rencontrent dans tous les étages des terrains stratifiés, elles se sont ordinairement remplies plus tard de nouvelles substances, qui sont très-différentes de la roche environnante. On appelle *amas* ces cavités remplies. C'est ainsi que l'on

trouve des amas de sel gemme et de gypse dans le Muschelkalk et dans les Marnes irisées.

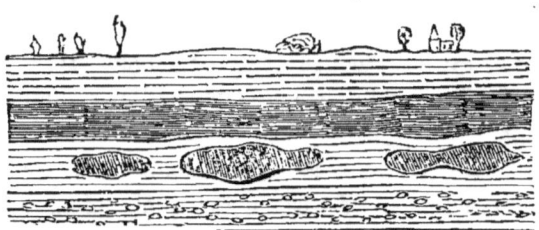

Coupe d'un terrain sédimentaire renfermant des *amas*
(stratification concordante.)

Un *affleurement* est l'extrémité d'une couche, d'un fi-
lon, etc., qui se montre à la surface du sol.

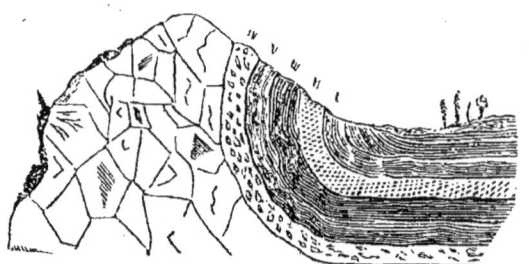

Coupe d'un terrain de sédiment relevé et incliné par
un soulèvement de roches ignées
(I, II, III, etc., affleurements des couches).

L'*inclinaison* d'une ou de plusieurs couches est l'angle
qu'elles forment avec l'horizon ; en la suivant on trouve la
succession des couches, des assises, des étages, des terrains
qui constituent le sol d'un pays : ainsi de Metz à Forbach.

La *direction* donne l'étendue de ces couches, de ces assises, de ces étages, de ces terrains, suivant une ligne qui
est toujours perpendiculaire à celle d'inclinaison : ainsi de
Metz à Longwy.

Le *sol arable* ou *terre végétale* est la couche superficielle de la surface du globe dans laquelle s'effectuent une grande partie des phénomènes de la végétation. Considérée sous le rapport de sa nature ou de ses qualités productives, cette couche offre, dans le département de la Moselle, des éléments très-variés, d'où il résulte des terres de compositions différentes et qui possèdent, pour les diverses natures de cultures, des aptitudes très-inégales, des propriétés physiques et chimiques qui exercent une action plus ou moins favorable sur la vie des plantes.

Les éléments dont est formé ce grand laboratoire de la nature proviennent, les uns, — et ce sont les plus nombreux, — de la décomposition et de la désagrégation des roches sous-jacentes; les autres proviennent des végétaux et des animaux qui croissent et meurent naturellement à sa surface, ou des débris organiques que la main de l'homme y porte, quand chaque année il déchire le sol pour présenter les différentes parties à l'action désorganisatrice de l'air. Ces dépouilles qui, sous l'influence atmosphérique, se décomposent, engendrent l'*humus* qui colore la terre arable de laquelle les générations des plantes qui se succèdent tirent leurs principales nourritures.

La terre végétale est donc le résultat de deux actions combinées, de deux forces qui se prêtent un mutuel appui et qui proviennent de la *terre* et de l'*homme*; c'est un tout complexe, dans lequel les roches qui forment le sous-sol jouent toujours un grand rôle. La relation constante qui existe entre la nature de la terre végétale et le sous-sol, fait que celle-ci change presque toujours avec lui. On dit, d'une manière générale, qu'un sol est *marneux* sur des marnes, *sablonneux*, sur des sables ou des grès, *calcareux* sur des calcaires.

Le *sous-sol* est la partie de la terre que l'on ne cultive pas, et qui se trouve immédiatement au-dessous de la terre végétale ou *sol proprement dit*. Le sous-sol est généralement, comme la terre arable qui le recouvre, *argileux, sablonneux* ou *calcaire*. Dans certains cas, il est avantageux de ramener une partie du sous-sol dans la couche arable; on augmente par là la profondeur du sol.

Les *amendements* sont des substances qui, placées dans la terre végétale, en changent la nature, la rendent plus meuble ou plus compacte et par conséquent plus propre à la culture. C'est ainsi que la *marne argileuse*, c'est-à-dire. celle où il y a le plus d'argile, augmente la consistance des sols sablonneux et empêche qu'ils se dessèchent trop promptement; que la *marne sablonneuse*, daus la composition de laquelle le sable domine, rend les terres fortes plus légères et plus pénétrables à l'air et à l'eau; que la *marne calcaire*, qui contient principalement de la chaux, ameublit beaucoup les terrains argileux.

DÉPARTEMENT DE LA MOSELLE.

CONSTITUTION GÉOLOGIQUE.

La constitution géologique de la Moselle présente des terrains de sédiment neptuniens dont le plus ancien, les quartzites, a subi une métamorphose par une action ignée, ainsi que des terrains de transport.

La liste des terrains dont les affleurements se remarquent à la surface du sol ou que l'on a découverts jusqu'à présent sur les divers points de notre département, comprend douze dépôts principaux qui, dans l'ordre de leur ancienneté relative, sont : le *Terrain de transition*, le *Terrain houiller*, le *Grès rouge*, le *Grès des Vosges*, le *Grès bigarré*, le *Muschelkalk*, les *Marnes irisées*, le *Lias*, l'*Oolithe inférieure*, le *Terrain tertiaire moyen*, le *Diluvium* et les *Dépôts de la période actuelle*. Tous ces terrains sont loin d'entrer pour une part égale, dans la composition du sol et du sous-sol de la Moselle : les uns n'occupent qu'une étendue très-restreinte, d'autres, au contraire, couvrent des espaces considérables. Nous allons les examiner en indiquant leurs limites, leur étendue, leur composition, leurs fossiles caractéristiques et tout ce qui est de nature à faire apprécier le rôle qu'ils jouent dans l'industrie ou dans l'agriculture de notre pays.

I. — TERRAIN DE TRANSITION.

Étendue et puissance. — Le Terrain de transition, le plus ancien qui apparaisse dans le département, ne s'observe que dans les environs de Sierck où il forme quelques petits pointements isolés au fond et sur le flanc des vallées profondes qui sillonnent les environs de cette ville (dans la vallée de la Moselle et dans celle de Montenach). Ce terrain dont la puissance paraît être considérable, a la plus grande analogie avec celui qui termine la chaîne voisine du Hundsruck ; aussi les lambeaux isolés sous la forme desquels il se présente chez nous, au milieu du Grès bigarré, sont-ils autant de jalons que cette chaîne a projetés sur notre sol pour y marquer sa direction ou son prolongement.

Composition. — Le Terrain de transition est entièrement formé de *quartzite* ou de quartz en roches. Les quartzites sont des roches gréseuses très-dures, dont les grains siliceux se confondent tellement dans la pâte qu'il est difficile de les distinguer ; leur cassure est esquilleuse, un peu lustrée ; leur couleur varie du gris au rouge, l'oxyde de fer y joue un grand rôle ; en quelques endroits elles sont traversées en tous sens par de petits filons de quartz laiteux. On y trouve aussi quelquefois de belles géodes tapissées de cristaux de quartz transparent ou de cristal de roche.

Les quartzites, parfois stratifiés, parfois en grande masse informe, constituent des couches dont l'épaisseur atteint et dépasse un mètre de puissance, quelquefois ce sont de simples lits, dont les plans de séparation sont enduits de paillettes de mica. La partie supérieure de la formation surtout est formée de strates schistoïdes très-minces, fortement imprégnées de mica d'un jaune rougeâtre, auxquelles succède immédiatement le Grès bigarré. L'inclinaison des couches est de 20° à 40° ; leur direction s'écarte peu de N. 45° E. ; le plongement est vers le sud-est. Les quartzites qui composent le monticule escarpé sur le sommet duquel est bâti le fort de Sierck, montrent surtout cette disposition.

Les quartzites, bien que d'une origine antérieure à la Formation houillère et le résultat d'une masse de grès soumise à l'action d'une excessive chaleur, se sont produits au jour à une époque plus récente, époque qu'il est facile de déterminer par les modifications qu'ils ont fait subir aux roches qui se sont trouvées à leur contact. C'est ainsi qu'à Sierck, le Grès bigarré, le Muschelkalk et les Marnes irisées sont non-seulement profondément modifiés dans leur constitution chimique, mais encore dans leur constititution physique. On voit encore à Sierck la démonstration du fait d'une production tardive, par la masse de quartzite, qui a percé les bancs stratifiés de cette roche pour s'épancher en masse arrondie sur les sommets qui dominent la ville.

Débris organiques. — Les quartzites étant, comme nous l'avons dit plus haut, des produits ignés, ou plutôt des roches modifiées par la chaleur, ne renferment point de corps organisés.

Emploi des quartzites. — Les quartzites qu'on exploite dans les nombreuses carrières situées autour de Sierck, fournissent les meilleurs pavés employés dans le département ; outre qu'ils possèdent une grande dureté, la disposition massive et continue de la roche les rend très-propres à prendre la forme parallélipipède qui est la plus convenable pour cet emploi. Presque tous les pavés que l'on voit aujourd'hui dans les rues de Metz proviennent de ces carrières et de celles qui se trouvent en Prusse, sur le bord de la Sarre.

Historique. — C'est à M. Arnold, habile ingénieur des ponts et chaussées, que cette ville est redevable de son beau et solide pavé en *pierre de Sierck*. Ce fut vers 1816 que M. Arnold fit un essai de pavage en quartzite, dans la rue des Clercs. Ce premier essai ne réussit pas complétement. L'année suivante, il fit paver avec cette roche quartzeuse la rue Royale et une partie de la rue des Allemands. On reconnut bientôt que le pavé de quartzite avait de grands avantages sur les pavés employés jusqu'alors, et en 1824 la ville de Metz adopta le nouveau système. Ce mode de pavage a le désavantage de rendre la surface glissante pour les chevaux, pendant les sécheresses, et très-dure pour les piétons. L'administration municipale remédie à ce dernier inconvénient, en établissant dans les rues des trottoirs d'asphalte qui rendent la circulation plus agréable.

Sous la domination romaine, les rues de Metz étaient, présume-t-on, pavées en larges dalles de provenances étrangères à notre département; peut-être aussi les Romains employaient-ils déjà les pierres de la grande oolithe et la pierre bleue du Lias. M. V. Simon, dans ses travaux archéologiques, indique plusieurs localités dans notre ville, où l'on a découvert, à quelques mètres sous terre, des pavés composés de pierre du Lias. Il y a une cinquantaine d'années, la place de Chambre était encore pavée en gros cailloux de la Moselle. Les autres parties de la ville ont été pavées d'abord en pierre bleue ou lias inférieur, et enfin on a remplacé cette pierre par le calcaire de la Formation oolithique (calcaire subcompacte) et par le grès de Hettange, pour les places et les rues principales. Ce ne fut qu'après avoir fait usage de ces différents modes de pavage que l'on se fixa sur l'emploi des quartzites.

Agriculture. — Le Terrain de transition, qui établit le passage entre les roches formées par voie de fusion ignée et celles qui sont formées par voie de sédiment, consistant exclusivement en quartzite, ne donne lieu qu'à un sol éminemment pierreux, presque stérile et dont la majeure partie est occupée par des carrières ; quelques points seulement sont plantés de vigne.

II. — TERRAIN HOUILLER.

Historique. — Le Terrain houiller qui, depuis plusieurs années, donne lieu à des travaux considérables sur la frontière nord-est du département de la Moselle, n'y paraît pas au jour ; mais depuis longtemps il a été rencontré au-dessous du Grès vosgien, dans les environs de Forbach. A peine le traité de 1815 avait-il privé la France du bassin houiller de Sarrebruck, que des recherches furent entreprises en vue de découvrir le prolongement de ce bassin au-dessous des terrains plus récents qui forment le sol d'une partie de notre département. Et un fait acquis aujourd'hui, c'est que le Terrain carbonifère de la Sarre ne s'arrête pas à la contrée où il est apparent, il se prolonge sur une étendue assez considérable et peut être regardé comme un des terrains constitutifs de la Géologie du département de la Moselle.

Les premières recherches un peu importantes furent toutes entreprises dans les environs de Forbach. Elles commencèrent dans le courant de l'année 1816, et elles furent poursuivies, presque sans discontinuité avec des chances diverses de succès et de revers, jusqu'en 1845.

La découverte de la houille dans cette partie du département remonte à la fin de 1817. Ce combustible fut rencontré dans un trou de sonde foré sur l'extrême frontière, près du chemin de Schœnecken à Gersweiller. A la suite de cette découverte, une concession, sous le nom de Schœnecken, fut constituée sur une superficie de 26 kilomètres carrés, comprenant tout l'espace situé au nord de la route de Paris à Mayence, entre Rosbruck et la frontière prussienne.

L'insuccès des tentatives faites, de 1841 à 1845, pour l'exploitation de la houille dans la concession de Schœnecken, par deux des concessionnaires qui en avaient alors acheté la jouissance, paraissait devoir amener l'abandon définitif de cette concession, lorsque, sur la fin de l'année 1846, l'établissement prochain d'une voie de fer appela l'attention de nouveaux spéculateurs. Leur entreprise, qui semblait désespérée, fut couronnée de succès. Leurs travaux, exécutés avec beaucoup de soin, amenèrent la découverte de gîtes puissants de combustible ; on se disposa immédiatement à entreprendre les ouvrages nécessaires à leur exploitation. C'est là l'origine des trois puits actuels d'extraction de la concession de Schœnecken.

En 1852, de nouvelles recherches ont été faites aux environs de Forbach, le long de la bande large de 700 à 800 mètres qui s'étend entre la route de Mayence et l'escarpement triasique. Ces recherches ont donné lieu à une concession nouvelle, celle de Forbach, qui comprend 24 kilomètres carrés.

Enfin, en 1853, quelques personnes se constituèrent en société sous le nom de Compagnie houillère de la Moselle, pour faire la recherche de la houille dans les environs de Creutzwald. Le succès que cette compagnie ne tarda pas à obtenir, détermina, quelque temps après, la formation de nouvelles sociétés pour continuer les travaux de recherches qui venaient d'être si bien commencés. Mais lorsqu'en 1854, la houille fut simultanément découverte dans deux forages, Creutzwald et à Carling, le nombre des sociétés d'exploration s'augmenta encore, et bientôt toute la plaine de Creutzwald fut couverte de sondages. Leurs travaux, généralement couronnés de succès, firent constater la rencontre de la houille dans un grand nombre de localités.

D'après le résumé que nous venons de faire sur les recherches du Terrain carbonifère de notre département, on peut voir, que la question de notre approvisionnement en combustible par des mines françaises a fait un grand pas. De grands travaux se poursuivent encore aujourd'hui, sur différents points du département, pour la résoudre complétement. Espérons que les personnes qui ont entrepris ces travaux préparatoires d'exploitation, sortiront victorieuses de la lutte toute patriotique dans laquelle elles se sont engagées : elle nous affranchira du tribut que nous payons à l'étranger depuis les traités de 1815.

Après avoir signalé les résultats obtenus au point de vue spécial pour lequel les travaux dont nous venons de parler, ont été entrepris, nous en indiquerons d'autres qui ne concernent plus le Terrain houiller, mais qui méritent pourtant d'être relatés. La rencontre qui a été faite dans quelques sondages, du *Nouveau grès rouge* entre le Grès des Vosges et le Terrain houiller, et dont nous parlerons tout à l'heure, est un de ces résultats.

Un résultat également assez inattendu des forages est la découverte, dans un certain nombre d'entre eux, de sources artésiennes. Déjà un sondage anciennement entrepris au Glouckenhof avait mis à jour une petite source jaillissante, qui continue à couler ; mais celles qui ont été trouvées par les travaux de recherches de ces dernières années sont tout à fait remarquables par leur volume. On peut citer, parmi les plus belles, celles du moulin de Porcelette, du forage de l'Hôpital, du sondage à la corde de Freyming, du

Hochwald, de Ham et de la Houve ; quelques-unes de ces sources débitent jusqu'à 600, 700 et même 800 litres d'eau à la minute. Il y a beaucoup de points de la plaine de Creutzwald où l'on pourrait obtenir, par des forages en général peu profonds, de pareilles sources, résultat qui peut être d'une utilité pratique incontestable pour l'agriculture de la contrée.

Étendue et puissance du Terrain houiller. — En résumant les circonstances principales que présentent les nombreux travaux de recherches de la plaine de Creutzwald, on voit que le Terrain houiller avec gîte de combustible se trouve maintenant reconnu le long de la frontière depuis un sondage fait dans la forêt de la Houve au nord, jusqu'à un autre pratiqué près du ruisseau de la Merle, à la pointe sud-est de la forêt de Hochwald (commune de Freyming), à l'est, c'est-à-dire sur une étendue qui embrasse 15 kilomètres, sans tenir compte des détours. Quant aux reconnaissances poussées vers l'intérieur, les résultats qu'elles ont fournis sont assez variables et dépendent des localités de la plaine où les recherches ont été exécutées.

Pour l'étendue du Terrain houiller qui se trouve être reconnue utilement exploitable sur cette partie de notre territoire, on peut adopter pour limite une ligne qui passerait à un kilomètre au delà des sondages dans lesquels le terrain houiller inférieur a été rencontré. Une semblable ligne s'appuierait sur la frontière dans les environs de Berweiller et elle viendrait, par un circuit qu'envelopperaient les sondages de Falck et de Ham, toucher à Warsberg ; de là elle se dirigerait un peu au sud de Porcelette, des sondages du Zang et de l'Hôpital, elle passerait entre ceux de Hochwald et de la tuilerie de Freyming et viendrait aboutir à Cocheren à l'extrémité orientale de la plaine. L'espace ainsi circonscrit serait de 90 à 100 kilomètres carrés. Ainsi, 100 ki-

lomètres carrés de Terrain carbonifère dans la plaine de Creutzwald, 50 kilomètres carrés provenant tant de la concession
de Schœnecken que des explorations récentes des environs
de Forbach ; voilà, à peu près la superficie ou l'inventaire des
richesses houillères bien connues sur la frontière nord-est
de la Moselle où elles étaient à peine soupçonnées en 1846.

Le Terrain houiller est extrêmement puissant et se constitue d'une succession de couches dont l'exploitation est
plus ou moins productive.

Composition du Terrain houiller. — Les travaux d'exploitation du Terrain houiller de notre département ne sont
pas encore assez avancés pour qu'on puisse en faire une
étude complète. D'après les nombreux travaux de recherches, on a pu constater que le Terrain houiller de la Moselle,
comme celui de la Prusse rhénane, est principalement
composé d'assises de grès, de poudingues, d'argile schisteuse et de houille ; on y trouve aussi du minerai de fer
carbonaté lithoïde en rognons et en couches ; du minerai
d'hydroxyde de fer rouge argileux ; du calcaire et de la dolomie ; mais ces dernières roches ne forment que des accidents locaux au milieu de la masse considérable des premières. Bien que celles-ci se succèdent à peu près sans
ordre, il est cependant à remarquer que la partie inférieure
du terrain, formée des assises les plus anciennes de la formation, est caractérisée par l'abondance des couches de
houille ; elle renferme même la presque totalité du combustible que l'on trouve dans le bassin. Dans la partie moyenne
et dans la partie supérieure du Terrain carbonifère, la houille
devient très-sèche et de plus en plus rare.

En Prusse, où l'affleurement du Terrain houiller s'étend
sur un vaste espace de forme à peu près rectangulaire, depuis la Sarre jusqu'à une petite distance du Rhin, ce ter-

rain repose directement, et à stratification concordante, sur le Terrain de transition du Hundsruck ; dans les parties les plus voisines de notre département, il est recouvert par le Grès vosgien.

Le Terrain carbonifère offre une stratification assez régulière. La direction générale des couches qui le composent s'écarte peu de la ligne N. E. — S. O. avec un plongement plus ou moins marqué vers le nord-ouest. La disposition des assises du Terrain houiller a été profondément modifiée par la production des porphyres qui a eu lieu après que le Terrain carbonifère a été déposé par les eaux. Cette disposition offre souvent une grande complication, les couches n'offrant aucune direction fixe et présentant des dérangements considérables, tantôt très-inclinées, tantôt fortement redressées [1].

Débris organiques du Terrain carbonifère. — Malgré le grand nombre de débris de mollusques que renferme ce terrain et dont les plus caractéristiques sont des *Orthoceras*, des *Goniatites*, des *Bellerophons*, des *Évomphales*, des *Spirifères* et des *Productus*, la houille elle-même en contient

[1] Quand un terrain a été soumis à l'action éruptive des roches sous-jacentes, il est facile d'en suivre les résultats. Ainsi les couches houillères se trouvent tantôt redressées presque verticalement comme à Düttweiller, tantôt sous forme d'ondulations comme aux environs de Sarrelouis ; enfin elles ont déterminé des voûtes très-élevées, qui se sont effondrées et ont produit de profondes vallées qui, nivelées plus tard par d'autres roches et par des transports, constituent les contrées explorées dans l'est de la Moselle.

Ces faits démontrent pourquoi le Grès vosgien est parfois si perméable dans ces contrées et pourquoi les couches houillères sont si tourmentées et si discontinues.

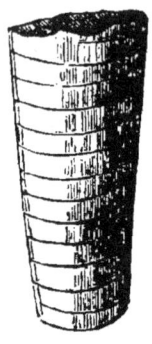

Bellerophon
costatus.

Orthoceras
lateralis.

fort peu et doit ses éléments constitutifs, soit à des plantes d'une flore locale qui a vécu et qui s'est puissamment développée là où elle a été ensevelie, soit à un apport d'arbres arrachés aux lieux qui les ont vus naître, et que des courants ont entraînés ou amoncelés en certains points, où les sables et les marnes sont venus les couvrir. Toute cette flore était essentiellement terrestre et composée de plantes monocotylédones qui formaient d'immenses forêts. Parmi ces plantes, celles qui paraissent avoir dominé et dont les feuilles ont laissé de nombreuses empreintes parfaitement conservées dans les schistes qui accompagnent les couches de houille, on remarque surtout des *Fou-*

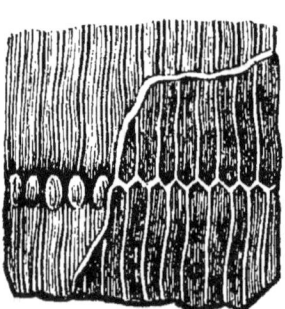

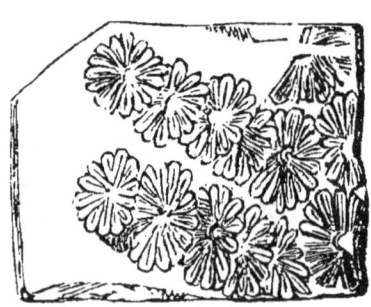

Calamites suckovii.

Annularia brevifolia.

gères, des *Prêles*, des *Lycopodes*, végétaux d'une structure très-simple, mais qui atteignaient alors une taille gigantesque.

Le bois résineux de plusieurs espèces de *Conifères* paraît avoir pris également une très-grande part dans la formation de la houille, et on peut lui attribuer une partie du goudron et de l'huile essentielle que renferme le combustible minéral.

Emploi des roches de la Formation houillère. — La houille, qui est aujourd'hui la principale force motrice d'une foule d'industries importantes, et de communication le plus rapide entre les peuples, n'est encore exploitée jusqu'à présent, dans le département, que sous de faibles proportions dans la concession de Schœnecken et à Carling. En Prusse, aux environs de Sarrebruck, ce combustible est exploité sur une large échelle dans les mines de Neunkirchen, Friedrischsthal, Saint-Ingebert, Sultzbach, Duttweiller et Jägersfreude [1]. On exploite encore dans le Terrain carbonifère de la Sarre, un peu de minerai de fer lithoïde, disséminé dans les schistes qui avoisinent la houille. Dans la partie moyenne de la formation on rencontre un gîte de petites couches calcaires, qui est utilisé en plusieurs localités pour la fabrication de la chaux. Enfin, c'est des couches les plus récentes de la partie supérieure du bassin que l'on tire l'argile ferrifère qui est vendue comme *craie rouge*.

[1] La colline qui domine l'entrée de l'avant-dernière exploitation est connue sous le nom de *Brenberg* (montagne qui brûle), nom qu'elle tire d'un incendie allumé depuis un siècle et demi dans une des couches de houille, et qui dure encore aujourd'hui.

2

III. — TERRAIN DU GRÈS ROUGE.

Étendue et puissance. — Le Grès rouge, comme le Terrain houiller, ne se montre pas à la surface du sol, dans la Moselle, mais il a été rencontré au-dessous du Grès vosgien dans tous les sondages faits, dans la vallée de la Merle, pour la recherche du prolongement du bassin carbonifère de la Sarre.

La Formation du Grès rouge manque assez généralement sur les bords de la Sarre où le Terrain houiller est directement recouvert par le Grès des Vosges ; elle paraît former, dans notre département, un bassin circonscrit qui s'étend le long de la vallée de la Merle et plus au sud dans les environs de l'étang d'Oderfang.

Le Terrain du Grès rouge, qui est caractérisé par des brèches renfermant des fragments de différentes roches primitives et même de quartzite, avec une pâte d'argiles bigarrées, a été traversé, au Hochwald sur 10 mètres, à l'Hôpital sur 50 mètres de puissance ; il se développe davantage encore vers le sud-ouest, dans les environs de Saint-Avold, où un forage, fait près d'Oderfang, l'a mis à jour sur une grande épaisseur ; un autre, près de la tuilerie de Freyming, l'a également traversé sur une puissance considérable.

Composition du Grès rouge. — La roche qui compose essentiellement ce terrain et que les géologues ont encore appelé *Nouveau grès rouge*, par opposition au *Vieux grès* *rouge* qui fait partie du Terrain devonien [1], est un grès qui est bien moins caractérisé par sa couleur que parce qu'il renferme des fragments à arêtes vives, et qu'il contient des débris de roches dioritiques et des cristaux légèrement décomposés de feldspath. A cette roche se trouve habituellement associée une autre, appelée pour cela *argilophyre*, et qui, comme les porphyres en effet, se présente parfois en belles colonnades prismatiques. Dans le département de la Meurthe, le Terrain du Grès rouge est représenté presque exclusivement par de l'argilophyre que l'on y exploite pour l'entretien des routes.

Débris organiques. — Le Grès rouge que les mineurs allemands nomment *Todt liegende* (terrain mort ou roche morte), parce qu'il est très-pauvre en métaux, renferme des corps organisés. On y trouve même des schistes analogues aux schistes houillers, qui renferment parfois des traces de houille, ce qui indique que ce grès repose sur le Terrain carbonifère. Les plantes fossiles, que l'on trouve principalement dans le Nouveau grès rouge sont des *Palmiers*, des *Conifères*, etc.

Walchia *(Conifère)*.

[1] On nomme *Terrain devonien*, un terrain de sédiment primaire, qui, dans l'ordre de superposition, se trouve immédiatement au-dessous du Terrain houiller et qui a été particulièrement observé en Angleterre, dans le Devonshire d'où vient son nom.

IV. — TERRAIN DU GRÈS VOSGIEN.

Étendue et puissance. — La Formation du Grès des Vosges est la première qui, dans la Moselle, se présente sur une étendue un peu considérable. On l'observe dans deux régions opposées, dans la partie orientale du département, sur le prolongement de la chaîne des Vosges, et dans la contrée qui avoisine la Sarre entre Forbach et Creutzwald.

Dans la première de ces régions, le Grès vosgien s'étend depuis la limite du département à l'est jusqu'à une ligne passant par Walschbronn, Bitche, Lemberg et Gœtzenbruck. Il forme la contrée montagneuse très-accidentée dont l'élévation moyenne au-dessus du niveau de la mer est de 450 mètres, et que l'on connaît vulgairement sous le nom de *Pays de Bitche*. Les bancs qui composent la masse entière de ces montagnes, sont déposés horizontalement et présentent quelquefois de magnifiques rochers qui s'élèvent, comme autant de murailles aux assises régulières, au-dessus des vieilles forêts dont la contrée est couverte.

Dans la région située sur le bord de la Sarre, ce terrain s'arrête à la chaîne de collines qui longent la route de Sarrebruck à Metz par Saint-Avold, laissant à ses pieds Porcelette Ham-sous-Warsberg, Guerting, Hargarten-aux-Mines, Falck et Merten. Cette région est un plateau légèrement ondulé dont l'altitude moyenne au-dessus de la mer n'est plus que de 260 à 300 mètres. De loin en loin, des buttes isolées, en forme de cônes aplatis, s'en détachent ; tels sont le Schlossberg, près de Forbach ; un monticule près du moulin de Ditschwiller ; la grande Saule au-dessus de Falck.

Le sol de la plaine est formé par les assises inférieures et moyennes de la Formation vosgienne, et par les alluvions des Vosges ; les bas-fonds de ce sol ont été en partie nivelés par le transport de sables et de cailloux que les eaux sauvages y ont entraînés. Les bancs agrégés, qui constituent la partie supérieure de cette formation, s'observent dans les buttes qui les dominent et à la base de la grande chaîne de collines par laquelle elle est limitée.

L'épaisseur du Grès vosgien est extrêmement difficile à évaluer. Il possède une puissance variable dans des limites fort étendues. Il est très-développé dans la partie centrale de la chaîne des Vosges, où il a une puissance de 500 mètres, tandis qu'un approfondissement de 250 et même de 200 mètres suffit à le traverser en entier dans la plaine de Creutzwald. Il ne faut point, du reste, perdre de vue que le Grès des Vosges n'a fait, la plupart du temps, que combler la surface assez accidentée du Terrain houiller, de telle sorte qu'il peut se réduire à peu de chose sur les parties de ce terrain qui se trouvent en saillie.

Les assises de la Formation vosgienne sont ou horizontales ou légèrement inclinées, tantôt vers l'ouest, tantôt vers le sud. L'escarpement qui s'étend entre Forbach et Longeville-lès-Saint-Avold présente le Grès des Vosges avec des inclinaisons tout à fait anormales, avec de nombreux redressements et souvent des fractures considérables.

Composition. — Le Grès vosgien offre une grande simplicité de composition ; sa masse entière est formée de grès et de poudingues quartzifères. L'élément dominant de ces roches est un sable composé de grains amorphes ; le mica

y est extrêmement rare, il est remplacé par le feldspath.
Ces éléments sont assez souvent incohérents, et quand ils
sont agglutinés, le ciment est toujours de l'oxyde de fer
rouge ou jaune. C'est à un ciment de cette espèce ou à du
manganèse que les roches du Grès vosgien doivent leur couleur. Elles offrent toutes les nuances du rouge, depuis un
rouge de brique pâle jusqu'au rouge violacé ; elles sont
jaunâtres ou d'un jaune brunâtre, quand c'est de l'hydrate
de fer qui agglutine les grains ; les variétés incohérentes
sont généralement grises. Par l'addition de galets, les grès
vosgiens passent aux poudingues. Ces galets sont formés de
différentes espèces de quartz ; celle que l'on rencontre le
plus habituellement est blanche ou grisâtre, compacte et
un peu grenue ; on en voit aussi qui sont rougeâtres et
d'autres complétement noires.

Ces matériaux diversement agglutinés et colorés composent tout le Terrain du Grès vosgien et lui impriment par
leur simplicité, ce cachet d'uniformité qui en est le caractère dominant. Ils forment des bancs dont l'épaisseur est
considérable, surtout dans la partie supérieure du terrain
où on en trouve qui ont plusieurs mètres de puissance. Ces
bancs se succèdent, du reste, sans ordre bien déterminé,
et la seule remarque que l'on puisse faire sur leur position,
c'est que les assises inférieures sont généralement moins
agrégées que les assises supérieures.

Le Grès vosgien présente, dans le département de la
Moselle, un gîte remarquable qui se trouve intercalé dans
les bancs supérieurs, près de la limite du Grès bigarré. Il
consiste en une ou deux couches d'argile sableuse et mica-
cée de un à deux mètres de puissance, et qui renferment de
la dolomie sous forme de rognons. Ce gîte dolomitique constitue, dans cette formation, un horizon d'une constance

remarquable ; il indique très-nettement et avec une étonnante précision, la limite du Grès vosgien et du Grès bigarré, limite si difficile à distinguer là où un pareil dépôt n'existe point. Les localités où l'on peut le mieux étudier ce gîte, sont : le chemin qui monte de la frontière à Spicheren ; l'ancienne et la nouvelle route de Forbach à Sarreguemines ; la tranchée du chemin de fer près de Hombourg-l'Évêque ; le château de Warsberg et les environs de Saint-Avold.

On trouve assez souvent, dans les assises du Grès des Vosges, des veinules de fer hématiteux. On en connaît trois filons principaux : l'un s'étend depuis Falck jusqu'au sud de Creutzwald, dans une direction qui s'éloigne peu de la ligne est-ouest ; les deux autres traversent la forêt de Saint-Avold et plongent sur le territoire prussien, parallèlement à l'axe de soulèvement des Vosges. Quelques filons, du premier de ces dépôts, sont exploités dans la plaine de Creutzwald.

On trouve encore de cette hématite sur d'autres points du département et toujours au milieu du Grès vosgien. Près de Vieille-Verrerie l'on en fait aussi quelques exploitations ; dans le pays de Bitche, sur le territoire de Roppewiller et d'Althorn, annexe de Gœtzenbruck, où elle a donné lieu autrefois à des travaux considérables.

La puissance des filons qui ont été reconnus, reste communément entre $0^m,30$ et $0^m,50$; elle atteint rarement 1 mètre, mais elle se réduit souvent à quelques centimètres.

Dans les environs de Saint-Avold et de Hargarten, le Grès vosgien renferme des filons dans lesquels la galène est, sur certains points, assez abondante.

Dans ces derniers temps, on a découvert au Hochwald, près de Saint-Avold, un banc qui paraît être assez épais de grès à gros grains avec galets de quartz, qui est traversé par des veinules riches en cuivre carbonaté vert et qui renferme aussi quelques taches de carbonate bleu. Ce banc est dans la partie la plus élevée du Grès vosgien ; il est immédiatement inférieur à la dolomie qui couronne cette formation. Un gisement qui s'observe aux environs de Longeville-lès-Saint-Avold, dans la forêt de Castelberich, a donné lieu, il n'y a pas longtemps, à quelques travaux de recherches ; il paraît être la continuation du banc précédent.

Débris organiques. — Le Terrain vosgien ne renferme aucun corps organisé fossile.

Emploi des roches du Grès vosgien. — Ce grès est quelquefois assez bien agrégé pour qu'on puisse en tirer des moellons, des pierres de taille et des meules de très-grande dimension ; celui qu'on exploite dans les environs de Mouterhausen mérite même une mention spéciale : il donne des pierres réfractaires que l'on emploie dans la construction des hauts-fourneaux et dans celle des fours de verrerie. Les poudingues du Grès vosgien, quand ils ne sont pas trop agrégés, peuvent fournir un gravier quartzeux d'assez bonne qualité pour l'entretien des routes ; mais leur emploi est nécessairement limité à la région orientale du département où on les rencontre. C'est le Grès des Vosges qui a formé les principaux éléments des dépôts d'alluvion du département de la Moselle.

Agriculture. — Le sol arable qui recouvre le Grès vosgien est presque exclusivement composé d'éléments quartzeux ; il forme, avec le Grès bigarré, le type des terres légères. Il est pauvre et peu propre à la culture des céréales. C'est principalement sur les plateaux formés par ce grès, que l'agriculteur trouve un sol rebelle à certaines cultures ; cependant le seigle et la pomme de terre y réussissent bien.

Comme ce terrain est très-perméable, le bois y croît avec rapidité ; aussi notre Grès vosgien est-il en grande partie couvert de belles forêts : telles sont celles des environs de Bitche, celles de Forbach, de Zang, de Saint-Avold et de la Houve, dont les principales essences sont le chêne, le hêtre et souvent le sapin.

Le Grès des Vosges étant perméable et souvent fissuré, laisse passer les eaux ; ainsi dans ce terrain on ne rencontre que rarement des sources sur les flancs des montagnes ; elles sourdent presque toutes du fond des vallées, elles sont abondantes et d'une pureté remarquable. Dans le pays de Bitche, tous les villages sont groupés, comme les sources, dans les profonds replis du sol, et le reste de la contrée est inhabité. Aux environs de Forbach et de Creutzwald, la limite du Grès vosgien et du Terrain houiller est également marquée par un niveau d'eau extrêmement abondant, mais le Terrain houiller n'affleurant pas dans le département, les sources sont toutes situées sur le territoire étranger.

2.

V. — TERRAIN DU GRÈS BIGARRÉ.

—

Considérations générales. — Les trois terrains qui suivent le Grès vosgien — le *Grès bigarré*, le *Muschelkalk* et les *Marnes irisées* — ont entre eux un tel rapport qu'on les a réunis sous le nom de *Trias*. Cette formation constitue, dans le département, une bande sinueuse présentant trois zones distinctes et parallèles qui sont constamment placées dans l'ordre de superposition : le Grès bigarré forme la base, le Muschelkalk tient le milieu, et les Marnes irisées occupent la partie supérieure.

Le Trias traverse la partie orientale du département, du nord au sud, jusqu'aux environs de Metz, d'où il s'infléchit brusquement dans la direction N. E. — S. O. ; parvenu aux pieds des Vosges, il reprend sa direction primitive. L'inclinaison générale des trois formations du Trias, qui est vers l'ouest, passe au sud et au sud-est dans l'escarpement compris entre Saint-Avold et Forbach.

A Sierck, le Trias présente une anomalie remarquable ; on voit, aux environs de cette ville, que les quartzites dont la naissance appartient à une époque antérieure à la formation houillère, se sont encore reproduits, après le dépôt du Trias, attendu qu'ils sont venus soulever et considérablement modifier les trois membres de cette formation. Tout autour de Sierck, les assises triasiques offrent une inclinaison considérable ; elles y sont bombées en forme de voûte. C'est ce qui se voit surtout dans le Stromberg, montagne

isolée qui s'élève sur les bords de la Moselle, en face de
Sierck[1]. Le Grès bigarré ne paraît même dans la vallée de la
Moselle, au-dessous des formations plus récentes, que par
suite d'un soulèvement qui a affecté les étages du Trias. Il
existe encore un grand nombre d'autres accidents dans le
département qui ont plus ou moins dérangé les terrains
triasiques. Près de Hombourg-l'Évêque, le Grès bigarré,
le seul des membres du Trias qui paraisse dans cette localité, est redressé sous des angles considérables et dans des
directions souvent opposées. Dans les environs de Bouzonville, entre Téterchen et Hargarten-aux-Mines, entre Forbach et Saint-Avold, dans les environs de Morhange, de
Piblange, de Mécleuves, de Courcelles-Chaussy, de Vau-
drecourt, etc., les formations du Trias ont été également
bouleversées par des soulèvements, d'une manière plus ou
moins profonde. Nous allons faire connaître séparément
chacune de ces trois formations.

———

Étendue et puissance du Grès bigarré. — La bande
que forment les affleurements du Grès bigarré, dans le
département, est excessivement restreinte en largeur ;
elle dépasse rarement un ou deux kilomètres dans les environs de Saint-Avold et de Forbach, mais elle est un peu
plus développée entre Rohrbach et Bitche. Cette bande
entre sur le territoire français à Merten, non loin de Sarrelouis, et, de là, elle s'étend sur les communes de Berweiller, Rémering, Dalheim, Hargarten-aux-Mines, Guèrting,

[1] Le nom de *Stromberg* qui, dans les environs de Sierck,
veut dire, *montagne à raies*, vient probablement des bandes
de diverses couleurs que forment, sur le flanc de cette montagne, les assises du Trias.

Warsberg, Bisten-im-Loch, Porcelette, Longeville-lès-Saint-Avold, Bambiderstroff, Dourdbal, Saint-Avold, Hombourg-l'Évêque, Betting, Bening, Cocheren, Morsbach, Œting, Etzling, Spicheren, Alsting et Grosbliederstroff, point sur lequel elle quitte le territoire français pour se diriger sur Deux-Ponts. Le Grès bigarré reparaît dans la partie tout à fait orientale du département où il couvre, en totalité ou partiellement, le territoire des communes des cantons de Volmunster et de Rohrbach, comprises entre les ruisseaux de Horn et de Bickenalb, et de celles de Lemberg, de Gœtzenbruck et de Meisenthal, qui font partie du canton de Bitche. Il se montre également dans la vallée de la Moselle, autour de Sierck ; mais sa présence dans cette localité tient à des phénomènes d'un soulèvement local, et l'influence des quartzites a modifié sa texture.

Le Grès bigarré, le plus ancien des trois membres qui constituent le Trias, en est le moins puissant ; c'est à peine si, dans la Moselle, il atteint une puissance de 50 mètres.

Composition. — Le Grès bigarré est presqu'exclusivement composé, comme le Grès des Vosges, de couches gréseuses, mais il s'en distingue par la finesse de ses grains de quartz et la présence de paillettes de mica qu'il renferme avec une certaine abondance. Quoiqu'il soit peu développé, nous partagerons ce terrain en deux assises principales qui offrent des différences assez notables dans leur composition et leur manière d'être.

PREMIÈRE ASSISE. — L'assise inférieure comprend des bancs très-puissants de grès à grains quartzeux très-fins, assez fortement agrégés ; leur couleur habituelle est le rouge amaranthe taché de gris. Ces bancs fournissent exclusivement les pierres de taille estimées et les dalles qu'on emploie dans la partie orientale du département.

DEUXIÈME ASSISE. — L'assise supérieure ne contient, au contraire, que des couches trop fissiles pour qu'elles puissent être employées ; ce sont des grès ferrugineux à grains fins, des grès à ciment dolomitique et de véritables dolomies grenues un peu sableuses. Elles ne diffèrent point de ces derniers par la couleur, qui présente diverses nuances de gris et de rouge ; celle des dolomies et des grès dolomitiques se rapproche ordinairement du jaune de miel ou du jaune sale. Dans la partie tout à fait supérieure de cette assise, les couches deviennent minces et argileuses et passent aux glaises bigarrées qui constituent la base du Muschelkalk.

On trouve au milieu du dépôt de cette formation, mais non point d'une manière constante, des grès métallifères. Il y en a de plusieurs espèces. Dans les collines qui dominent Saint-Avold, Falck et Hargarten-aux-Mines, on a exploité de la galène argentifère ; les travaux souterrains que ces localités renferment, font supposer qu'elle y était disséminée sous forme de *mouchetures*, de *taches*, de *nodules* ou d'*amandes* dans des grès en bancs assez épais, très-feldspathiques, dolomitiques et même caverneux. L'un de ces gîtes, celui de Saint-Avold, a valu à la montagne au pied de laquelle la ville est assise, le nom de *Bleyberg* (montagne de plomb) qu'elle a conservé.

On trouve également dans les couches qui composent la partie moyenne du Grès bigarré dans les communes de Hombourg-l'Évêque, Saint-Avold et Falck, l'oxyde noir de cuivre et les carbonates, tant verts que bleus, ainsi que du manganèse sous forme de dendrites. Il y a eu aussi dans la dernière de ces localités une mine de cuivre qui est abandonnée depuis longtemps. Aujourd'hui encore, les gîtes de plomb et de cuivre des différentes localités que nous venons de citer, sont l'objet de nouveaux travaux de recherches.

Espérons que les procédés connus aujourd'hui pour extraire le cuivre et le plomb de leur gangue, permettront d'en reprendre l'exploitation dans la Moselle : elle ajoutera une nouvelle source de prospérité à la partie de notre département, déjà enrichie par la découverte de son important bassin houiller.

Débris organiques. — Le Grès bigarré ne possède pas de faune qui lui soit propre : la totalité des fossiles qu'on y rencontre caractérisent également le Muschelkalk. Les débris organisés n'y sont d'ailleurs pas très-communs, cependant leur présence suffit pour le distinguer du Grès des Vosges, dans lequel ils manquent complétement. Les plantes sont fort rares dans le Grès bigarré de notre département et elles appartiennent à une *flore* particulière ; elles se montrent à l'état de lignite profondément altéré et peu susceptible d'une bonne détermination ; en rapprochant ces formes de celles qui se présentent habituellement dans ce grès, on y reconnaît des *Calamites* et de grandes *Équisétacées*.

M. Terquem a reconnu un banc remarquable de fossiles dans un ravin de grès bigarré, au sortir de Saint-Avold, à gauche de la route qui conduit à la station du chemin de fer. M. Jacquot a constaté la présence de gisements identiques entre Coume et Guerting, au-dessus de Merten et à Berus. Les bancs qui renferment ces fossiles s'observent surtout dans la partie supérieure du dépôt. Les espèces les plus communes sont des *Myophories*, des *Gervillies*, des *Limes*, des *Peignes*, des *Térébratules*, des *Encrinites*, etc.

Emploi des roches du Grès bigarré. — Nous avons vu que les bancs massifs qui constituent la partie inférieure de ce grès fournissent des dalles et de bonnes pierres de taille, qui sont surtout utilisées dans les constructions de la partie orientale du département. La pierre que l'on extrait du

Grès bigarré est vulgairement connue sous le nom de *Pierre de sable* (Sandstein, Quader Sandstein) ; elle est très-facile à travailler, et résiste bien aux influences atmosphériques. Il y a même des bancs qui sont assez durs pour être employés en meules à aiguiser.

Agriculture. — Le Grès bigarré forme un sol arable sablonneux qui ne diffère guère de celui du Grès vosgien. Les parties inférieures de la formation offrant souvent des escarpements, sont généralement livrées à la culture forestière ; tandis que les parties supérieures appartenant à un terrain presque plat, souvent un peu marneux, présentent des conditions plus favorables à la culture. Tels sont : le plateau du Rosskopf, celui au-dessus de Lemberg et entre ce village et Saint-Louis ; le plateau de Liederscheidt, celui du Guendersberg, au-dessus de Hanwiller, celui de la Main-du-Prince, une partie du Freidenberg et de la Cens-au-Loup, etc.[1]. Il y a aussi des couches de marnes argileuses qui séparent les plans de stratification et qui donnent quelquefois lieu à de belles prairies. C'est un gisement de cette nature qui a donné lieu à un glissement du Grès bigarré, comme sur un plan incliné, près de la station du chemin de fer de Hombourg-l'Évêque.

Nos terres sablonneuses, qui occupent des étendues assez considérables dans le département, n'ont du reste qu'une infertilité relative, et elles peuvent être considérablement améliorées par l'introduction d'amendements calcaires ou marneux.

Le Grès bigarré est moins riche en sources que le Grès

---

[1] Lemberg, village dont le nom signifie en français *montagne d'argile,* doit probablement son étymologie à l'argile qui couvre une grande partie de son territoire.

des Vosges ; il ne renferme pas, à proprement parler, de niveau d'eau.

Les sources de ce terrain sont souvent salées : telles sont les sources ferrugineuses que l'on rencontre dans la vallée de la Moselle, aux environs de Sierck ; celle de Mondorff qui a été amenée au jour par un sondage et dont les eaux ont donné lieu à la création d'un établissement thermal ; celles qu'on trouve aux environs de Forbach, etc.

VI. — TERRAIN DU MUSCHELKALK.

(CALCAIRE CONCHYLIEN.)

Étendue et puissance. — Le Terrain du Muschelkalk forme dans le département de la Moselle, une bande continue qui le traverse en suivant toutes les inflexions de celles que constitue le Grès bigarré. La limite de cette bande, à l'est et au nord, passe à peu près par les villages de Waldwisse, Guerstling, Berweiller, Rémering, Boucheporn, Haute-Vigneulles, Quatre-Vents, Bening-lès-Saint-Avold, Folkling, Œting, Etzling, Spicheren, Grosbliederstroff, Frauenberg, Bliesbrucken, Ormeswiller, Petit-Rederching et Montbronn. A l'ouest et au sud, le Muschelkalk s'étend jusqu'à une ligne qui traverse le territoire des communes de Basse-Kontz, Hunting, Kerling-lès-Sierck, Kirschnaumen, Kirsch, Scheyerwald, Halstroff, Colmen, Bouzonville, Brettnach, Téterchen, Denting, Boulay, Helstroff, Varize, Servigny-lès-Raville, Faulquemont, Folschwiller, Macheren, Seingbouse, Théding, Tenteling, Metzing, Sarreguemines et Zetting. Dans son cours sinueux, cette bande est bien loin de conserver une largeur uniforme : passablement rétrécie à Sierck, point près duquel elle pénètre sur le territoire français, elle se développe beaucoup à la hauteur de Boucheporn ; puis, après avoir tourné vers le nord-est, elle diminue jusque dans les environs de Saint-Avold, où elle se réduit à un kilomètre ; elle s'épanouit davantage à l'ouest de Sarreguemines, et quand elle entre, au nord de cette ville, dans le département du Bas-Rhin, elle embrasse une étendue d'environ un myriamètre et demi.

Le Calcaire conchylien ou coquiller, repose, à stratification concordante, sur le Gré bigarré ; partout où il a été observé dans le département, ses assises plongent tantôt vers l'ouest, tantôt vers le sud-ouest. Les affleurements de ce terrain constituent une ligne de coteaux qui est placée au-dessus et un peu en arrière de celle que forme le Grès bigarré. A cette superposition de deux étages de collines correspond une crête assez élevée, qui est l'accident le plus considérable de la contrée située entre la Sarre et la Moselle. Du côté opposé aux affleurements, c'est-à-dire vers l'ouest ou le sud-est, le terrain s'abaisse, au contraire, d'une manière presque insensible, suivant la pente des couches, et ce n'est généralement qu'à une distance considérable de la crête qu'elles sont recouvertes par les Marnes irisées. Il en résulte que les différentes assises du Muschelkalk occupent, dans le département, des étendues bien inégales. Les assises inférieures, qui ne se présentent qu'en côtes, se réduisent à une bande excessivement mince qui contourne toutes les sinuosités formées par le Grès bigarré. La bande qui représente les assises supérieures correspond non-seulement aux tranches de couches, mais encore à une étendue considérable des assises les plus élevées qui n'est point recouverte par une formation plus récente. Cette inégalité est d'autant plus grande que les couches ont une inclinaison plus faible, car les Marnes irisées ne se rencontrent alors qu'à 10 et même 15 mètres de distance de la ligne de coteaux qui dessinent les affleurements du Muschelkalk. Dans les environs de Saint-Avold, où cette inclinaison est assez forte, les Marnes irisées paraissent, au contraire, très-

près des affleurements, et l'espace occupé par le Mu
schelkalk se trouve être considérablement réduit.

On a fait dans le département de la Moselle, aux environs de Sarralbe, plusieurs sondages dans le Terrain du
Muschelkalk qui ont permis d'assigner, d'une manière ap-
proximative, l'épaisseur de cette formation. Elle peut être
évaluée de 150 à 200 mètres.

Composition. — Les éléments constitutifs du Muschelkalk dans notre département sont : des calcaires, des dolomies, des marnes et des argiles ; on y trouve aussi, mais
seulement d'une manière acciden-
telle, du gypse et du sel gemme.
Nous partagerons ce terrain en trois
étages : un *étage inférieur marneux*,
un *étage moyen* caractérisé par une
suite de *couches calcaires* et par
quelques fossiles qui y sont très-
abondants, en particulier par la
Gervillia socialis, la *Terebratula vulgaris*, le *Ceratites nodosus* et l'*Encrinites moniliformis*; enfin un *troisième étage* composé de *dolomies*
et superposé aux deux premiers.
L'étage supérieur n'entre que pour
20 ou 30 mètres dans la puissance

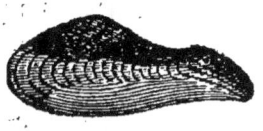

Gervillia socialis.

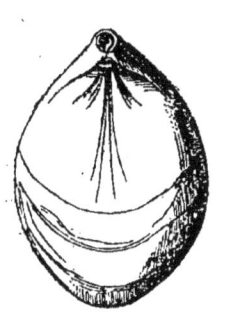

Terebratula vulgaris.

totale du Mnschelkalk, le reste se partage à peu près par
parties égales entre l'étage marneux et l'étage calcaire.

PREMIER ÉTAGE OU ÉTAGE INFÉRIEUR. — Dans les localités où le Muschelkalk acquiert tout son développement,
comme dans les environs de Raville, de Vaudoncourt et de
Vaucremont, cet étage présente la composition suivante :
aux couches minces et argileuses qui forment les assises

supérieures du Grès bigarré, succèdent les glaises bigarrées, grises, rouges et vertes. Elles constituent le passage de ce dernier terrain au Muschelkalk, et peuvent être observées sur de nombreux points du département, notamment aux environs de Sierck et de Sarreguemines, où elles sont très-développées. Dans ces localités, ainsi qu'à Coume, près de Boulay, à Bambiderstroff, à Longeville-lès-Saint-Avold et à Théding, près de Forbach, elles renferment du gypse. L'étage est terminé par des marnes gréseuses ou schisteuses grises ou jaunes, habituellement dolomitiques. Les assises consistantes sont très-rares dans cet étage ; elles sont principalement composées de gypse, de dolomie et de silex. Le gypse existe en petits filets fibreux ou en masses peu puissantes au milieu des glaises bigarrées, quelquefois dans les marnes grises qui leur sont superposées. [1] La dolomie se présente à divers niveaux dans l'étage: on la trouve en gros bancs marneux à une petite hauteur au-dessus

---

[1] Près de Sierck, le gypse acquiert un développement anormal, et le Muschelkalk présente dans cette localité une anomalie remarquable : les couches calcaires sont remplacées par des dolomies dans lesquelles on ne retrouve plus le faciès qui est propre à ces calcaires. Elles sont légèrement saccharoïdes, un peu celluleuses et rudes au toucher ; elles forment des bancs assez épais ; leur couleur est le gris foncé ou le gris taché de jaune. Quelques-uns de ces bancs contiennent des fossiles du Muschelkalk ; d'autres ont une texture oolithique ou renferment ces petits grains verdâtres (glauconie, silicate de fer) que l'on observe dans certaines assises de la formation. Ces diverses circonstances portent à penser que les dolomies des environs de Sierck ne sont autre chose que le produit de transformations opérées sur des dépôts calcaires.

du gypse, et dans les marnes grises sous forme de rognons grisâtres celluleux, dont les vides sont tapissés d'infiltrations spathiques, et qui contiennent du quartz calcarifère, grenu, blanchâtre. Le silex enfin forme des rognons ou de petites couches d'un brun foncé ou noirâtre au milieu des marnes grises.

Dans les collines qui dominent les villages de Berweiller, Nider-Villing, Rémering et Château-Rouge, on trouve dans des fentes sinueuses, dans des espèces de cavernes creusées dans les couches solides du Muschelkalk, du minerai de fer en grains. Mais ce minerai, si précieux pour l'industrie du fer dans notre département, est bien moins développé dans ces localités que dans l'arrondissement de Briey.

L'étage inférieur du Muschelkalk renferme aussi, dans les environs de Sarralbe, un amas de sel gemme assez puissant, mais qui paraît très-circonscrit. Ce gîte salifère a donné lieu à la création des établissements de Saltzbronn, de Sarralbe et de Haras, dans lesquels on l'exploite par dissolution au moyen de trous de sonde qui ont depuis 200 jusqu'à 250 mètres de profondeur. L'extraction de l'eau salée, presque saturée, se fait avec des pompes.

Les eaux qui sont utilisées dans l'établissement de Richeling, situé sur le bord de la Sarre, à une petite distance au nord de Sarreguemines, tirent leur salure des glaises qui constituent la partie inférieure du Muschelkalk.

Deuxième étage. — Le second étage ou étage moyen se distingue d'une manière tranchée du précédent, tant par la prédominance des bancs solides que par l'abondance des mollusques fossiles qu'il contient. Il est presque exclusivement calcaire, les marnes n'y occupent plus qu'une place très-restreinte, et elles se montrent surtout dans sa partie supérieure, où elles séparent les lits de roche. Il y a plusieurs variétés de calcaire. Les unes sont grises, compactes, criblées de tiges d'*Encrinites* qui leur communiquent une texture lamellaire ; quelques-unes sont oolithiques ou renferment des silex. Les variétés oolithiques présentent dans une pâte traversée par de petites veinules spathiques, un grand nombre de petites oolithes creuses, blanchâtres ; telle est celle que l'on exploite pour pierres de taille à la ferme de Finseling, au-dessus de Longeville-lès-Saint-Avold ; au Kelschberg, près de Forbach ; dans la côte de Dourdhal, à Bisten-im-Loch et à Rémering. D'autres sont compactes, d'un gris de fumée ou de nuances variées, grises, verdâtres ou jaunâtres, ce qui leur donne, au premier aspect, l'apparence de brèches.

La cassure de ces dernières est tantôt unie, tantôt conchoïdale ; elles offrent beaucoup de résistance. On remarque que ces diverses variétés de calcaire ne sont pas irrégulièrement réparties dans l'étage moyen du Muschelkalk. Les premières constituent de gros bancs ($0^m,50$ à 1 mètre de puissance) qui se présentent surtout à la base de l'étage ; ces bancs sont séparés par de petits lits de marnes et viennent immédiatement après les assises marneuses de l'étage inférieur. Les secondes forment au contraire des lits peu épais à la partie supérieure, où elles alternent avec des marnes grises, jaunâtres ou verdâtres. C'est dans ces assises peu épaisses, qui terminent le second étage et qui sont fréquemment mises à jour par les exploitations, que l'on trouve surtout les mollusques fossiles que nous avons cités tout à l'heure ; ils sont habituellement fortement adhérents à la surface des couches calcaires et s'y trouvent quelquefois en quantité innombrable. On y rencontre aussi des ossements de grands *Sauriens*.

Les gros bancs de la partie inférieure du second étage

s'observent surtout dans les environs de Raville, où ils
occupent le fond de la vallée, et où ils sont exploités, soit
comme moellons, soit pour fournir des pierres de taille
de petit échantillon.

Un calcaire qui, sous le nom de *Pierre de Servigny*,
joue un rôle assez important dans l'art de construction
à Metz et aux environs, appartient également à cet étage.
On l'exploite sur plusieurs points qui sont groupés à l'ouest
du village de Servigny-lès-Raville, le long des chemins
qui mènent à Courcelles-Chaussy et à Frécourt.

La pierre de Servigny est une espèce de marbre formé
de deux variétés de calcaire, l'une d'un gris foncé,
cristalline à grandes lamelles, l'autre grenue, à grains
très-fins d'un gris clair; elles sont mélangées sans ordre;
toutefois la première domine dans la pâte et la seconde
n'y existe que sous forme de nids ou de petites veinules.
Ce calcaire est employé à faire des dalles et des marches
d'escalier, usage auquel sa dureté et le poli qu'il prend,
le rendent éminemment propre.

Les couches calcaires minces qui terminent l'étage
moyen, peuvent être étudiées avec détail dans les environs
de Faulquemont, car elles sont exploitées pour la fabrication
de la chaux près du chemin de Créhange, et elles paraissent
sur une assez grande hauteur dans une tranchée du chemin
de fer non loin de la gare de cette ville. Elles reproduisent
le type le plus habituel et le plus connu du Muschelkalk,
qui consiste en un calcaire d'un gris de fumée, à cassure
conchoïdale, à pâte extrêmement compacte.

TROISIÈME ÉTAGE. — Cet étage est principalement caractérisé par des dolomies ou des calcaires fortement magnésiens. Ces roches forment la masse presque entière
de l'étage; elles offrent beaucoup de variétés; les unes

sont marneuses ou gréseuses, quelquefois subsaccharoïdes d'un gris un peu bleuâtre dans lesquelles la percussion développe une odeur fétide ; d'autres sont grenues ou même semi-cristallines, jaunâtres, contenant quelques veinules de calcaire spathique. Ces dolomies forment principalement de gros bancs qui alternent avec des marnes grises ou verdâtres, rarement rougeâtres, qui passent à des grès par l'intrusion du sable. Quelques-unes renferment des mollusques fossiles de l'étage précédent qui n'y sont représentés que par leurs moules ; quelques-uns des bancs exploités, sur une grande échelle, à Frécourt, à Vaucremont, etc., pour pavés, moellons, ou pour l'entretien des routes, usages auxquels leur grande résistance les rend très-propres, renferment des débris organisés d'une conservation parfaite (dents et écailles de *Poissons*).

On trouve aussi de la galène en lamelles cristallisées sous forme de nids dans quelques-unes de ces assises dolomitiques, à Vaucremont, à Alzing, près de Bouzon-ville, etc.

L'étage supérieur du Muschelkalk est surtout développé dans les environs de Boulay et de Bouzonville. Cet étage, presque entièrement dolomitique, couronne aussi toutes les hauteurs de la rive gauche de la Nied allemande, depuis Raville jusqu'à Faulquemont. On peut surtout l'observer près de cette ville, dans le coteau au sommet duquel est bâtie la chapelle de Saint-Vincent, où il est coupé par la route qui conduit à Pont-à-Mousson par Herny ; il présente dans cette localité des alternances de marnes d'un gris verdâtre et de gros bancs de dolomie grenue ; quelques-uns de ces derniers sont fossilifères et contiennent des espèces qui appartiennent au muschelkalk, notamment des *Térébratules*. Ces fossiles établissent une liaison entre le second et le troisième étage du Terrain conchylien ; ils ne permettent point de rapporter le dernier aux Marnes irisées.

On exploite près de Raville, un banc cristallisé et saccharoïde, pour en faire des moellons et des dalles.

La pierre de taille de Brouck, qui est dure et de bonne qualité, est une dolomie d'un gris bleuâtre, subsaccharoïde, remplie de petites cellules dont les parois sont tapissées de cristaux ; elle appartient également à cet étage. Elle paraît constituer l'équivalent de la pierre de Servigny, qui est exploitée sur l'autre rive de la Nied. Les bancs de dolomies s'observent très-bien encore entre Plappecourt et Vaucremont.

Les localités où le Terrain du Muschelkalk se présente dans les conditions les plus favorables à une étude complète, sont le chemin de Coume à Guerting, la côte de Longeville-lès-Saint-Avold, les environs de Rohrbach, la route rectifiée de Forbach à Sarreguemines, laquelle s'élève sur les flancs de la côte de Kelschberg. Ce terrain paraît encore sur tout son développement dans le triangle dont Raville, Vaudoncourt et Vaucremont forment les sommets. Non-seulement les trois étages y sont représentés, mais l'un d'eux, le troisième, y acquiert une puissance que l'on ne rencontre vraisemblablement sur aucun point du département. C'est à la disposition extrêmement remarquable des couches que l'on doit de rencontrer les trois membres du terrain réunis dans un aussi petit espace. Elles y sont infléchies de manière à figurer exactement une voûte surbaissée et fermée du côté du sud-ouest, configuration qui est reproduite avec une grande netteté par le relief du sol. Les deux circonstances que nous venons de signaler, le développement des assises du Muschelkalk et leur allure accidentée, donnent un grand intérêt à l'étude de ce terrain dans la

pointe comprise entre les deux Nied. Un ravin, situé sur
le flanc septentrional de la côte que forme le Muschelkalk,
et qui monte droit à la ferme d'Itzing, présente des
conditions très-favorables pour l'étude de la Formation.

Les dolomies, qui acquièrent dans le pays messin,
entre les deux Nied, un développement d'une importance
prépondérante, tant par l'étendue qu'elles occupent que
par leur puissance et par leur richesse en débris organisés
fossiles, n'occupent, à l'est de la Nied allemande, à la surface du plateau conchylien, qu'une étendue secondaire
dans l'ensemble de la Formation.

Débris organiques. — Le Muschelkalk, quoique très-
développé dans notre département, présente cependant un
bien moins grand nombre de fossiles que dans d'autres localités.

Les ossements de *Sauriens* et les dents de *Poissons* se
trouvent toujours à la surface des blocs et le plus souvent sur
des plaques marneuses subordonnées aux bancs (Bouzonville,
Bionville); il suffit de laver ces plaques pour voir ces débris
se produire en noir sur le fond jaune de la marne; ils sont
en général très-abondants dans les assises supérieures.

Les *Mollusques* se trouvent également à la surface des
bancs, rarement avec leur test, plus rarement encore
détachés; les fossiles enclavés dans la roche sont d'une
extraction impossible.

Les Mollusques vivaient par groupes : au sommet de la
côte qui domine Bouzonville, on trouve les *Myaires* qui
s'enfonçaient dans la vase ; à la tranchée de la station de
Saint-Avold, abondent les coquilles de rivages, *Huîtres*,
Peignes, *Térébratules*, *etc.*; à Sarralbe les *Cératites;* à
Boulay et à Gros-Rederching les *Encrinites*, etc.

Le Muschelkalk, en général à l'état de roche compacte,

semble au premier aspect ne pas présenter le caractère spécial d'un calcaire *coquillier* ou *conchylien;* mais en attaquant
la roche avec un acide minéral, ou en l'examinant à la
loupe, on remarque bientôt que toute la roche n'est qu'une
agglomération de coquilles fortement empâtées et pour ainsi
dire fondues dans la masse.

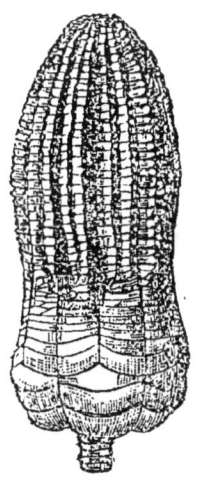

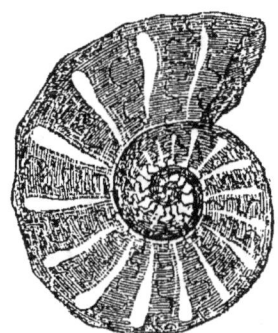

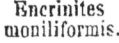

Encrinites   Ceratites nodosus.
moniliformis.

Les fossiles les plus caractéristiques du Muschelkalk sont:
la *Terebratula vulgaris,* la *Gervillia* (*Mytilus, Avicula*) *socialis,* le *Ceratites* (*Ammonites*) *nodosus,* l'*Encrinites moniliformis* (*Encrinus liliiformis*), la *Lima* (*Plagiostoma*) *li-
neata,* l'*Ostrea difformis,* etc.

Emploi des Roches conchyliennes. — Outre les bonnes
pierres de construction que nous fournissent les roches
conchyliennes, les calcaires compacts appelés *muschelkalk,* nous donnent encore de la chaux grasse qui sert à
blanchir, et les dolomies une assez bonne chaux hydrau-

lique. On tire aussi des pavés des couches du **Muschelkalk**, et les routes de la partie orientale du département sont principalement entretenues avec du calcaire que l'on tire de ce terrain ; on préfère celui que fournissent les couches fossilifères. Les couches d'argile, qui alternent avec les calcaires, sont employées à fabriquer des briques et des tuiles. On exploite aussi, sur différents points, de la pierre à plâtre.

Agriculture. — Le Terrain du Muschelkalk présente des sols calcaires et marneux qui sont en majeure partie livrés à la grande culture. Ces sols seraient excellents s'ils n'étaient pas excessivement pierreux. On a vu que, dans le département, les assises supérieures du Muschelkalk recouvrent la plus grande portion de l'étendue que ce terrain occupe, et comme elles sont composées d'un calcaire très-compacte qui se désagrège difficilement, on y rencontre bien peu de terres qui ne contiennent pas de fragments nombreux de la roche sous-jacente. Ces débris, arrêtant toute végétation sur la surface qu'ils recouvrent, diminuent d'autant l'espace réellement utile du sol arable ; c'est là le défaut capital des terres qui reposent sur le Calcaire conchylien. Dans les parties de ces terres situées en côtes, on trouve quelques vignes qui produisent un vin de qualité très-médiocre.

Il existe, dans le Muschelkalk, un niveau d'eau très-abondant au-dessus des argiles bigarrées avec gypse qui en forment la base ; ce niveau-là donne lieu à de très-belles sources, et en particulier à celles qui alimentent les villages de Berweiller, Rustroff, Rémering, Œting, Spicheren, Alsting, Hesseling, Zinging, et beaucoup d'autres localités dans le canton de Rohrbach. L'hydrographie de la contrée occupée par le Muschelkalk et comprise entre les deux Nied, est très-propre à mettre en relief la disposition des assises. On trouve en effet, dans le troisième étage de ce terrain, au contact des couches dolomitiques et des marnes verdâtres, un niveau de sources assez abondant. Partout où la séparation des deux assises est mise à nu, on voit l'eau jaillir : cela arrive, en particulier, dans le petit vallon où est situé le village de Frécourt. Mais les sources les plus abondantes se trouvent naturellement sur les deux versants d'inclinaisons opposées, aux points où ils commencent à disparaître sous les Marnes irisées, et c'est ce qui a déterminé l'emplacement des villages de Courcelles-Chaussy, Chevillon, Maizeroy, Bazoncourt, Villers-Stoncourt et Servigny-lès-Raville, qui sont tous alimentés par de belles sources. Les mêmes considérations hydrographiques ont probablement déterminé la fondation de centres de population plus importants qui occupent, dans le département, une position identique et qui se trouvent dans des conditions analogues, tels que Sarreguemines, Faulquemont, Boulay et Bouzonville.

VII. — TERRAIN DES MARNES IRISÉES

(KEUPER).

Étendue et puissance. — Les Marnes irisées occupent une région assez étendue qui s'étend à l'ouest des coteaux formés par le Muschelkalk ; leur disposition habituelle est d'occuper le pied des vastes plateaux de la Formation conchylienne. Il est rare que le Terrain keupérien remonte sur ces plateaux ; il commence à se montrer à leur base et son altitude moyenne reste entre 250 et 300 mètres. Les Marnes irisées présentent une physionomie particulière ; les coteaux y sont arrondis et mamelonnés ; leurs flancs sont déchirés par des ravins où les marnes étalent la bigarrure et la vivacité de leurs couleurs. A leurs pieds se déploient des étangs qui, avec les accidents variés du sol, produisent dans le paysage des effets qui sont pour ainsi dire propres à ce terrain et qui décèlent sa présence de fort loin. Les Marnes irisées pénètrent dans le département entre Basse-Kontz et Haute-Kontz, et elles se dirigent vers Kœnigsmacker ; de là leur limite occidentale suit assez exactement le cours de la Canner jusqu'au petit village de Saint-Hubert. Dans la partie méridionale de la Moselle, cette limite est marquée par une ligne assez accidentée ; elle va d'abord de Saint-Hubert aux Étangs, par Gondreville, puis elle contourne la rive gauche de la Nied française jusque près de Vatimont, d'où elle incline vers le nord-est, et après avoir passé par Herny, Chémery, Val-Ebersing, elle revient sur elle-même par Lixing, Landroff et Destrich.

village près duquel elle entre dans le département de la Meurthe. La bande comprise dans ces limites est d'abord très-restreinte ; elle s'élargit un peu à la hauteur de Bouzonville, pour se rétrécir aux environs des Étangs, puis elle se développe d'une manière exceptionnelle dans les cantons de Gros-Tenquin et de Sarralbe, où elle occupe des espaces considérables. Le Keuper paraît également sur deux points situés en dehors des limites que nous venons de tracer, entre Befey et Saint-Hubert, à la naissance de la vallée de la Canner et au-dessous de Vulmont, au pied de la côte de Delme.

L'épaisseur de la Formation des Marnes irisées se montre assez variable dans notre département. Un sondage foré dans la vallée de la Nied, près de Rémilly, a traversé, sur une hauteur d'environ 100 mètres, une partie seulement de l'étage inférieur. Si l'on remarque que les couches sont peu inclinées et que ces mêmes marnes se montrent dans les collines voisines à 100 mètres au-dessus du fond de la vallée ou de la Nied, on arriverait au chiffre de 200 mètres pour la puissance du Keuper dans la localité dont il s'agit, et, en y ajoutant 15 mètres pour l'étage supérieur, à celui de 215 mètres pour l'épaisseur totale de la Formation [1].

[1] Le développement du gypse dans les marnes des environs de Rémilly est probablement la circonstance qui contribue à leur donner cette grande puissance. Si celle-ci s'élève à un chiffre plus considérable encore dans la partie centrale du bassin occupée par les Marnes irisées dans la vallée de la Seille, par exemple, elle l'est vraisemblablement bien moins sur d'autres points du département de la Moselle, et en particulier dans les environs de Saint-Avold et de Sierck, où on passe promptement du Muschelkalk au Lias.

Composition des Marnes irisées. — La troisième formation du Trias est presque exclusivement composée de marnes rudes au toucher, se délitant en fragments conchoïdals et offrant bien rarement une disposition schisteuse. Ces marnes présentent une grande bigarrure de couleurs; les nuances les plus opposées — le rouge lie de vin, le gris, le gris verdâtre ou bleuâtre — sont fréquemment associées, c'est ce qui a fait donner à ce terrain le nom de *Marnes irisées*, qu'en Allemagne on nomme *Keuper*. Les roches dures, quoique rares dans cette formation, n'y manquent cependant pas d'une manière absolue; quelques-unes y sont même assez constantes à certains niveaux, et elles offrent les seuls points de repère qui puissent guider dans l'étude de cette énorme masse de marnes à composition presque uniforme qui compose le Keuper. Dans la Moselle, ces roches dures sont formées de couches de calcaire dolomitique, de dolomie rouge et jaune et de grès qui, non-seulement servent à y établir une division, mais qui permettent encore de distinguer, par les différences qu'elles présentent dans leur texture, les deux parties distinctes que comprend le Terrain keupérien. En dehors de ces roches caractéristiques, le Keuper renferme encore du minerai de fer, du gypse, du sel, et un combustible alumineux, etc. ; mais les assises que forment ces derniers sont bien moins constantes que les couches des calcaires dolomitiques, des dolomies et des grès : le gypse ne se présente même qu'à l'état de dépôts extrêmement circonscrits de forme lenticulaire. C'est à ces roches, très-variables dans leurs allures et dans leur développement, que les Marnes irisées doivent d'offrir des différences assez notables de composition, en des points même très-rapprochés.

Le Keuper peut se diviser en deux étages distincts.

PREMIER ÉTAGE. — A la base de la Formation, keuprique au contact du Muschelkalk, on rencontre quelques bancs assez épais d'une véritable dolomie très-dure, jaunâtre, grenue et même un peu cristalline, quelquefois gréseuse. Cette dolomie constitue le passage du Calcaire conchylien au Keuper, et, dans la plupart des cas, il est impossible d'établir entre les deux terrains une démarcation rationnelle, car le premier renferme aussi, dans sa partie supérieure, des dolomies qui ne diffèrent pas de celle du Keuper. Les environs de Sierck et de Téterchen, la tranchée du chemin de fer entre Faulquemont et Saint-Avold, et la route de Saint-Avold à Sarreguemines par Macheren et Seingbouse, sont les localités où on peut le mieux étudier ce passage.

- Au-dessus de ces dolomies keupériennes se trouve un puissant dépôt de marnes. Il est très-fréquent de rencontrer dans ces marnes, souvent traversées par de nombreux filets de gypse, des rognons ou petites plaquettes de gypse quartzifère grisâtre, qui sont caractéristiques de l'étage inférieur.

C'est au-dessus de ces marnes que l'on rencontre communément un grès à grains très-fins, argileux, un peu micacé et qui renferme des empreintes d'*Equisetum* et de *Calamites*. Ce grès forme un autre horizon aussi constant que la dolomie, car il manque rarement, quoiqu'il soit très-inégalement développé sur différents points de la Formation: Haute-Sierck, Inglange, Rémelfang, Piblange, Morhange, Arraincourt, Holacourt et Vatimont sont les principales localités où l'on peut l'observer. On le trouve en masses assez puissantes de couleur grise ou rougeâtre, souvent bariolées de ces deux couleurs et n'ayant aucune consistance. Il est accompagné d'argiles schisteuses et micacées, noirâtres, qui renferment comme lui des empreintes de végétaux.

3.

Dans les environs des trois dernières localités que nous venons de citer, le grès keupérien acquiert un développement tout à fait anormal ; sa puissance ne peut être estimée à moins de 50 mètres. Le point où on peut le mieux l'étudier est la route de Sarreguemines à Metz par Baronville, qui suit, à partir de Brulange, le cours de la Rotte, et qui s'élève ensuite, à travers les bois de Vatimont, jusqu'au village de ce nom. Ce grès paraît dans de nombreuses tranchées ; il est un peu consistant, d'un gris brunâtre, à grains quartzeux très-fins ; il renferme des paillettes de mica. Quelques assises sont agglutinées par un ciment ferrugineux qui les colore en jaune ou en brun, elles contiennent des rognons d'hydrate de peroxyde de fer argileux de même couleur, avec des taches noires qui décèlent la présence de l'oxyde de manganèse. Ces minerais ou rognons sont les équivalents de ceux que l'on trouve, à peu près au même niveau, dans les bois de Velving, au nord-est de Boulay.

Le grès keupérien qui fait partie de l'étage inférieur forme en particulier les berges des étangs d'Holacourt et de Bouligny. Il n'est pas hors de propos de faire remarquer ici que les étangs qui sont si communs dans l'étage inférieur des Marnes irisées, se présentent habituellement dans cette position ; ils sont alimentés par de petites sources qui sourdent, soit du grès, soit du calcaire dolomitique qui lui est superposé, et leur cuvette est établie dans les marnes immédiatement inférieures à ces assises aquifères, les seules que le dépôt renferme. Le grès du Keuper a une stratification peu distincte ; cependant on y remarque quelques assises fissiles au milieu d'autres plus épaisses ; la masse est fréquemment sillonnée par des joints obliques aux strates des couches.

Dans une position identique à celle du grès keupérien,

c'est-à-dire au-dessus du dépôt considérable de marnes, il existe assez souvent des rognons stratifiés par lits et même de petites couches d'un carbonate de fer lithoïde argileux, grisâtre ou bleuâtre. Par décomposition, ceux de ces rognons qui sont dans le voisinage de la surface se transforment en hydrate de peroxyde et prennent une teinte brune ou rougeâtre. Ce minerai, qui s'observe surtout dans le bois de Velving, renferme des coquilles fossiles.

On trouve aussi, sur quelques points, avec le grès keupérien, une couche de 0m,50 à 1 mètre de puissance, d'un combustible fossile très-pyriteux qui est intermédiaire entre la houille et le lignite. Elle a été exploitée à Piblange pour servir au chauffage domestique, et à Valmunster pour fabriquer l'alun et la couperose, emploi auquel les intercalations de schistes alumineux et pyriteux qu'elle contenait, la rendaient très-propre. Ce gîte a été aussi reconnu près de Morhange, à Hilsprich et à Saint-Jean-Rohrbach [1].

Il n'est pas rare non plus de trouver du gypse soit

---

[1] C'est au-dessous du grès, dans le coteau peu élevé compris entre Piblange et Bockange, que l'on a exploité jadis un gîte combustible qui, ces dernières années, fut repris pour la pyrite qu'il renferme. Il forme un bassin extrêmement circonscrit qui ne s'étend pas même sous toute la surface du coteau dont il vient d'être question. Le combustible qu'on en tire est brillant, assez sec; il est surtout remarquable par la proportion de pyrite qu'il renferme et qui atteint, sur certains points, jusqu'à 58 p. %. Ces pyrites existent, dans le gîte, sous forme de petits rognons à texture fibreuse de la grosseur d'une noix. La couche de combustible affleure, en face de Piblange, un peu au-dessus du ruisseau de ce nom.

au-dessus, soit au-dessous du grès keupérien ; son gisement diffère toutefois de celui des autres assises dures, en ce sens qu'il ne forme aucune couche continue, mais plutôt des lentilles, de simples amas au milieu de marnes. Les gîtes de cette nature qu'on rencontre dans le département de la Moselle, se composent assez uniformément d'une masse lenticulaire de gypse blanc, saccharoïde ou grenu, quelquefois sali par un mélange de marne, et d'une quantité innombrable de petites veinules qui forment un réseau très-compliqué et qui se continuent dans les couches voisines ; on y trouve aussi du gypse fibreux et soyeux du plus beau blanc. Mais la circonstance de gisement la plus remarquable du gypse est le bombement, en forme de voûte, que présentent toujours les assises qui lui sont superposées; elle est même tellement constante, qu'on est forcé de l'attribuer à un gonflement de la masse sous-jacente, qui serait postérieure au dépôt du terrain et proviendrait d'une épigénésie opérée sur des amas d'anhydrite.

Rien n'est plus propre à donner une idée de l'effet que produit l'intercalation des amas gypseux au milieu des Marnes irisées que le bombement de la colline de Mont; elle a, du côté de la Nied, une pente abrupte, et son sommet, recourbé en forme de dôme, s'élève d'une manière très-sensible au-dessus de la ligne assez régulière des coteaux qui continuent le flanc gauche de la vallée. Le plongement des Marnes irisées dans le sens indiqué n'est donc point parfaitement régulier : il y a des ondulations, des redressements de détail qui dépendent vraisemblablement des accidents produits, dans la Formation keupérienne, par l'intercalation des amas de gypse.

Les gypses exploités à Kœnigsmacker, Elvange et dans toute la vallée de la Canner, à Valmunster, à Rémelfang.

sur la route de Boulay à Bouzonville, appartiennent à l'étage dont il s'agit. Celui qui constitue la base de la côte du Ban-Saint-Pierre et qui est également exploité dans de nombreuses carrières, sur le revers qui regarde la Nied, y appartient aussi. La masse mise à jour sur ces différents points a de 1^m,30 à 3 mètres de puissance ; elle est assez bien réglée et passablement marneuse.

C'est également dans le premier étage que se trouvent, au-dessous du grès et du gypse, les puissants dépôts de sel gemme qui ont été reconnus dans les vallées de la Seille et de la Meurthe, à Dieuze, Vic, etc. Ces dépôts, qui constituent la principale richesse du Keuper, paraissent manquer dans le département de la Moselle, ou, du moins, ils n'y sont pas exploitables. Il résulte, en effet, des sondages qui ont été exécutés à Rémilly et à Aubecourt, et qui ont été poussés jusqu'aux couches supérieures du Muschelkalk, qu'à la place où on trouve le sel dans la Meurthe, il n'existe dans la vallée de la Nied française que des marnes qui empruntent leur salure assez prononcée à de petits filons de sel gemme. Comme à Dieuze, on a trouvé de l'anhydrite au-dessus de ces marnes. Elles donnent lieu, dans les prairies, à des phénomènes remarquables de végétation [1].

[1] Les Marnes irisées qui couvrent tout le sol des environs de Rémilly, offrent une particularité remarquable. La salure des sources qui sourdent du fond de la vallée, entre Rémilly et Aubecourt, donne lieu aux phénomènes de végétation qui ont été remarqués, depuis longtemps déjà, dans la vallée de la Seille ; dans les prairies où ces eaux se répandent, l'herbe acquiert, surtout à l'approche de l'automne, une teinte brunâtre foncée qui, tranchant sur le fond encore verdoyant, y forme de véritables taches. En même temps, on y voit croître

Enfin l'étage inférieur se termine, comme il commence, par une dolomie qui se montre avec une constance remarquable dans la partie moyenne de la Formation. Cette dolomie est compacte, ordinairement fétide par percussion, à cassure unie et mate, grisâtre ou d'un jaune très-clair; elle constitue des bancs bien réglés et assez développés qui ont souvent plus de $0^m,50$ de puissance et qui sont terminés par des surfaces plates et lisses. On les rencontre quelquefois sur une assez grande hauteur et on en tire des pierres qu'on emploie comme moellons et même, quelquefois, pour l'entretien des routes et pour la fabrication de la chaux blanche. On observe ces bancs dolomitiques dans les coteaux qui dominent la vallée de la Canner, au-dessus de Valmunster et de Sanry, sur le chemin qui monte de Pange à l'obélisque, près du château d'Urville, au nord de Courcelles-Chaussy, dans les environs de Morhange et de Gros-Tenquin, où ils sont mis à jour dans de nombreuses carrières. On exploite encore des assises du calcaire magnésien sur plusieurs points de la côte du Ban-Saint-Pierre, au point où celle-ci est traversée par l'ancienne chaussée romaine. Au sud d'Arraincourt, sur la rive gauche de la Rotte, les couches dolomitiques renferment un banc oolithique d'environ $0^m,50$ de puissance qui est exploité comme pierre de taille de petit échantillon.

des végétaux dans la constitution desquels la soude paraît entrer comme élément essentiel, tels que l'*Aster trifolium, etc.* On rapporte même qu'avant les travaux qui ont assaini les prairies naturellement basses et humides de la vallée de la Nied française, on y récoltait la Salicorne *(Salicornia herbacea)*, plante qui se plaît surtout dans les eaux salées peu profondes.

DEUXIÈME ÉTAGE. — Le second étage est moins épais et d'une composition plus simple que le premier. Il est formé de marnes qui sont couronnées par de minces assises d'une dolomie marneuse, gélive, quelquefois grenue ou bréchiforme, et par le *bonebed* [1].

Les marnes ne se distinguent pas de celles de l'étage inférieur, si ce n'est en ce que l'irisation ou la bigarrure de couleur y est plus prononcée. La dolomie renferme quelquefois des moules de coquilles fossiles et des débris de poissons, et ce caractère, joint à sa faible agrégation, la distingue de ceux de l'étage inférieur.

Il existe aussi, dans l'étage supérieur, un dépôt de gypse qui y est placé au-dessous de la dolomie et qui offre les mêmes circonstances de gisement que le dépôt de l'étage inférieur ; seulement il se présente moins souvent que ce dernier.

Quant au *bonebed*, il constitue, dans le département de la Moselle, un gisement formé de marnes, de grès et se termine ordinairement par un poudingue. Les marnes sont brunes, grises ou d'un bleu foncé, très-schisteuses, très-micacées et parfois séparées par quelques lits minces de lignite ; leur puissance est de 3 à 4 mètres. Au-dessus se trouve un grès — c'est le *grès infraliasique* de quelques géologues — constituant la base du plateau qui, dans le département de la Moselle, est occupé par le calcaire à Gry-

---

[1] Les Anglais ont donné le nom de *bonebed* (lit à ossements) à une couche qui sépare le Trias du Terrain jurassique. Nous rapportons à cette couche un gisement semblable qu'on observe à la descente de Gondreville, au pied de la côte de Saint-Julien, etc. M. Terquem y a constaté la présence de plusieurs écailles d'*Hybodus* et de quelques dents de *Saurichthys*, ainsi que quelques coquilles.

phées ; il déborde aussi un peu à l'est de ce plateau où il forme quelques protubérances [1]. Ce grès a des caractères assez constants ; il est quartzeux, à grains généralement grossiers, habituellement peu agrégés ; le ciment, quand il existe, est argileux et ferrugineux, rarement calcaire. La roche renferme peu de mica ; lorsqu'elle est calcareuse, on y rencontre des coquilles fossiles qui possèdent tout à fait le facies de la faune triasique. Le poudingue est composé de galets quartzeux, noirâtres, brunâtres ou gris, à ciment ferrugineux ou sans ciment ; il est parfois caractérisé par la présence d'une très-grande quantité de débris de *Poissons*. Ce poudingue, qui termine souvent le Terrain des Marnes irisées, se trouve aussi en petits bancs intercalés dans le grès dont les couches alternent avec des assises minces de marnes schisteuses et micacées, analogues à celles qui forment la base du grès. Ces marnes sont très-propres, avec les poudingues, à caractériser l'étage supérieur de la For-

[1] Nous avons, contrairement à quelques géologues, été conduit à rapporter le bonebed au Keuper plutôt qu'au Lias, par cette considération, qu'au pied du Saint-Julien, on voit un soulèvement des Marnes irisées réagir sur le grès et le poudingue du bonebed, tandis que les marnes rouges reposent horizontalement par-dessus.

Les géologues cependant ne sont pas d'accord sur l'exact classement du bonebed avec les grès qui s'y rapportent, à savoir s'il doit être compris dans le Trias, dont il serait la terminaison, ou s'il convient de le joindre au Lias dont il serait le premier terme. Le fait principal qui est acquis à la science, c'est qu'on ne saurait lui appliquer l'épithète exclusive d'*in-fralias* ni de *grès infraliasique*, ne fût-ce par cette seule raison que chacune des assises qui constituent l'étage infé-rieur du Lias, peut, selon les localités, être uniquement for-mée de grès.

mation keupérienne. On observe, en effet, d'une manière constante, ces deux espèces de roches partout où on a reconnu le grès du bonebed, et en particulier à Haute-Kontz, à Kédange, à Vallières, à Pange et à Mont. Dans ces diverses localités, le dépôt gréseux, dont la puissance est variable, mais ne s'élève pas au-dessus de 15 mètres, est recouvert par des marnes rouges qui forment la base du Terrain du Lias.

Parmi les localités où l'on peut le mieux étudier le grès du bonebed, nous citerons : 1° les environs de Chémery et de Landroff. Près du premier de ces villages ce grès est coupé par la route, et il présente, au-dessus du bois de Brommberg, un escarpement qui paraît provenir d'une ancienne exploitation. — 2° Sur les flancs de la côte de Delme Dans les bois qui encaissent la petite vallée d'Aube, on exploite comme pierre de construction, au milieu du grès du bonebed, un gros banc de dolomie gréseuse, d'un gris taché de vert clair, qui est très-distinctement oolithique et qui renferme des débris de *Poissons*. — 3° A la hauteur de Metz, le grès de l'étage supérieur du Keuper acquiert un développement superficiel considérable ; ses affleurements paraissent non-seulement au-dessous du calcaire à Gryphées arquées, mais ils débordent encore vers l'est et couronnent de nombreux coteaux formés par les marnes keupériennes. Le sol sablonneux auquel il donne lieu est occupé par des bois dont les principaux sont les forêts de Varize, le bois de Hayes et de Charleville. Il y est exploité pour sable sur plusieurs points, notamment au-dessus de Courcelles-Chaussy, près de Charleville et des Étangs. — 4° A Saint-Julien, il forme la base des collines élevées et plantées de vignes au pied desquelles coule le ruisseau de Vallières ; il paraît dans le fond et sur les berges du ruisseau.

L'étage supérieur du Keuper est toujours peu développé et il se montre presque toujours sur une très-faible hauteur[1]. On l'observe entre Befey et Saint-Hubert, à la naissance de la vallée de la Canner; dans la vallée, entre Vulmont et Achatel, au pied de la côte de Delme. Il y a là un lambeau du second étage qui se relève dans un petit arrachement sur le chemin qui réunit ces deux villages. On trouve encore le second étage avec l'étage inférieur sur la route de Faulquemont à Morhange par Landroff. Chaque étage y est pour ainsi dire indiqué par une côte raide à laquelle succède un palier légèrement incliné du côté du sud. Celle qui correspond à la partie inférieure du Keuper, commence près de la tuilerie de Faulquemont et se termine au point coté 286 mètres ; on descend de là par une pente faible jusqu'au ruisseau de Vahl, et, après l'avoir traversé, on a devant soi une côte moins longue que la première, et qui montre les affleurements de l'étage keupérien supérieur.

Débris organiques. — Nous avons vu que les Marnes irisées renferment des grès à impressions végétales et un gisement assez important d'un combustible fossile. Les plantes de ce gisement sont tellement broyées et confondues dans la masse charbonneuse, que leur détermination est devenue impossible. M. Terquem y a reconnu cependant le *Pterophyllum Juegeri*.

[1] Dans la colline située entre Pange et Mont, sur le sommet de laquelle s'élève l'obélisque, le second étage acquiert cependant un certain développement. Il le doit à un amas de gypse fibreux de 8 à 10 mètres de puissance qui lui est subordonné, et qui a été exploité autrefois dans plusieurs carrières placées à mi-côte.

On trouve dans la dolomie moyenne — à Drogny, à Arraincourt, à Flocourt, etc. — des mollusques fossiles appartenant aux genres *Turitella*, *Voltzia*, *Pleuromya*, *Lucina*, *Tornatella*, *Natica*, *Terebratula*. Les espèces sont difficiles à déterminer, les coquilles n'étant représentées que par leurs moules. On constate aussi dans le Terrain keupérien des dents et des écailles de *Poissons*.

Emploi des roches keupériennes. — La dolomie moyenne est exploitée sur différents points ; elle donne les moellons les moins estimés et des pierres pour l'entretien des routes. Ce sont des matériaux de mauvaise qualité que l'on emploie, faute d'autres, dans les environs de Gros-Tenquin, de Morhange, etc. On exploite aussi sur quelques points une dolomie très-fétide par percussion, qui est employée pour la fabrication de la chaux blanche. Le grès keupérien fournit quelquefois de bons matériaux de construction. C'est le grès friable du bonebed que l'on exploite aux environs de Metz et qui est vendu dans cette ville sous le nom de *Poudre à Vallières*. On l'emploie pour nettoyer les ustensiles de cuivre ou de fer. Le gypse ou *pierre à plâtre* est exclusivement tiré du Muschelkalk et du Keuper ; les autres terrains ne renferment aucun gîte exploitable de cette substance. Il s'en fait une grande consommation tant dans le département que dans les pays limitrophes où on l'exporte ; il est employé soit dans les revêtements intérieurs et le moulage, soit pour l'amélioration des prairies artificielles [1]. Aussi l'exploitation du gypse est-elle

---

[1] On doit à *Franklin* l'introduction de cet amendement pour les prairies artificielles. On raconte que dans le but de vaincre la résistance qu'opposait la routine à la propagation de sa nouvelle méthode, et pour faire éclater son utilité à tous les yeux, le célèbre agronome américain fit répandre sur un

très-active dans le département de la Moselle ; les principales carrières sont celles de Basse-Kontz, Rustroff,
Kœnigsmacker, Budling, Kemplich, Valmunster, Rémelfang, Marivaux, Charleville, Villers-Stoncourt, Ancer-
ville, Rémilly, Voimhaut, Gros-Tenquin et Bies-Schwe-
yen. Quelques gîtes fournissent de l'Albâtre gypseux qui
est envoyé dans le département du Bas-Rhin où on le tra-
vaille. Les marnes argileuses du Keuper sont employées
pour la fabrication des tuiles et des briques.

Agriculture. — Le Terrain des Marnes irisées est presque entièrement formé de marnes diversement colorées.
Cette uniformité de composition se trouve aussi dans la nature des sols arables que ces marnes supportent. Ces sols
marneux sont un peu magnésiens, ce qui fait qu'ils ne sont
pas très-productifs ; ceux qui proviennent de la désagrégation des dolomies ou des calcaires dolomitiques intercalés
dans la Formation, sont même des plus mauvais de tout le
département. Le gypse, qui se trouve quelquefois avec une
certaine abondance dans le sous-sol, est aussi un élément
nuisible à la végétation. Malgré ces conditions défavorables,
les Marnes irisées sont cultivées sur une grande étendue
de l'espace qu'elles occupent. La vigne n'y est pas rare,

vaste champ de trèfle, disposé en pente, une certaine quantité de plâtre, de manière à former avec la matière semée
cette phrase, représentée en gros caractères : *Ceci a été
plâtré.* Au moment de la semaille la phrase n'était pas li-
sible ; mais au bout d'un certain temps la végétation se dé-
veloppa avec une telle vigueur que l'inscription trancha
alors en vert foncé sur la couleur beaucoup moins vive du
reste du champ. Tous les passants purent la lire, et nul ne
douta plus de l'efficacité d'un procédé ingénieusement vul-
garisé.

surtout dans les parties supérieures ; elle y vient mieux que dans le Muschelkalk, ce que l'on attribue à la facilité avec laquelle ce terrain absorbe les rayons calorifiques. On y remarque aussi les plus belles prairies du département. La partie supérieure, formée par le grès du bonebed, est arénacée et ne produit qu'un sol maigre qui est presque toujours boisé.

La région occupée par les Marnes irisées est très-sèche ; les sources y sont rares, peu volumineuses et très-sujettes à tarir. Elles sourdent toutes des dolomies ou du grès, et principalement de la dolomie moyenne ; presque tous les villages sont en conséquence placés sur cette dolomie ou dans son voisinage. Quand elle ne fournit pas d'eau courante, ce qui est le cas le plus général, l'eau est tirée du grès, dans lequel il y en a toujours, au moyen de puits quelquefois assez profonds. L'eau de ces puits est plus ou moins salée ; elle tire sa salure de petites veines de sel qui traversent les Marnes irisées.

Les eaux magnésiennes ne sont pas bonnes à boire ; aussi faut-il, quand on veut avoir de bonnes eaux dans les puits creusés dans le Keuper, arrêter leur profondeur en arrivant aux bancs de grès.

VIII. — TERRAIN DU LIAS [1].

Considérations générales. — Les deux formations qui
suivent le Trias, — le Lias et l'Oolithe, — constituent le
Terrain jurassique. Ce terrain, ainsi appelé parce qu'il forme
en grande partie les montagnes du Jura, comprend, dans
le département de la Moselle, la Formation liasique en son
entier et la Formation oolithique pour son étage inférieur
seulement. Nous considérerons la première de ces formations, le Terrain du Lias, comme elle se présente généralement dans l'est de la France, laissant en dehors le faîte
de Hettange et la bande gréseuse qui sépare le grand
duché de Luxembourg de la France, les limites politiques
n'étant pas d'accord avec les formations géologiques. Nous
traiterons ce dépôt à la suite du Lias.

Étendue et puissance du Lias. — Le Terrain liasique
couvre une grande étendue du sol du département ; il est
limité à l'est par la ligne qui circonscrit les Marnes irisées
et se dirige de Haute-Kontz sur les confins du grand-duché
de Luxembourg, à Kœnigsmacker, puis à Metzervisse et
à Vigy, et de là à Pont-à-Chaussy, point à partir duquel il
contourne la rive gauche de la Nied française. A l'ouest, ce
terrain remonte jusqu'aux deux tiers de la hauteur de la

[1] Le nom de *Lias* a été donné par les Anglais, exclusivement au calcaire compacte à gryphites.

chaîne de collines qui s'étend presque sans discontinuité depuis Lorry-devant-le-Pont jusqu'à Kanfen ; il forme également la base de l'escarpement oolithique sur l'extrême frontière belge, dans les environs de Longwy et de Saint-Pancré. En dehors de ces limites, le Lias couronne aussi quelques hauteurs dans la partie orientale du département, tel est, par exemple, l'appendice, de beaucoup le plus considérable, qui s'étend au sud de Faulquemont et qui figure assez bien un golfe très-allongé au milieu du Terrain keupérien.

L'épaisseur totale moyenne du Lias peut être évaluée, dans la Moselle, à 240 mètres.

Composition. — Le Terrain du Lias est un des mieux stratifiés du département. La constance avec laquelle les couches se suivent sur une grande étendue, atteste qu'il s'est déposé pendant une période de calme et dans une mer profonde. Les assises dont il est formé ont été très-peu dérangées de leur position primitive ; elles se présentent avec une inclinaison faible qui est, dans les environs de Metz, vers l'ouest ou le sud-ouest, et, dans les environs de Longwy, vers le sud. Si, de loin en loin, la régularité de la succession des assises est interrompue par des failles, comme cela se voit au pied de la côte de Saint-Julien-lès-Metz et entre Hettange et Mondorff, on ne peut considérer ces failles que comme des accidents locaux qui n'empêchent point le Lias d'être un dépôt d'une grande uniformité de composition dans tout le département. On divise ce terrain en trois étages dont nous allons décrire les diverses assises en allant de bas en haut, ou dans l'ordre de leur succession.

Premier étage. — L'étage inférieur comprend : *une assise de marnes rouges* qui séparent le Lias de la Formation keuprique ; 2° *une puissante succession de bancs de cal-*

caire qui se distinguent en raison des fossiles qui s'y rencontrent. Cette assise, dont les bancs calcaires sont séparés par des *marnes*, se termine par *une couche* formée de lits irréguliers de *calcaires très-marneux* et de *marnes*, où on remarque une petite Bélemnite (*Belemnites brevis* ou *acutus*), la première du genre.

Marnes rouges. — Le Terrain du Lias commence par un lit de marnes rouges qui le séparent constamment du Keuper supérieur. Ces marnes sont rudes au toucher ; elles se divisent en fragments irréguliers et ne présentent aucune trace de schistosité ; elles ne diffèrent par leur aspect des Marnes irisées qu'en ce qu'elles ne sont point bigarrées et qu'elles renferment des nodules calcaires.

Les marnes rouges ont une puissance variable et ne renferment aucun fossile. On les trouve au pied de Saint-Julien ; le long du chemin de Pange, elles se montrent sur une hauteur assez considérable ; ce sont elles qui constituent le sommet de la colline de Mont, reconnaissable de très-loin à la saillie qu'elle forme au-dessus de la ligne de coteaux que déterminent les affleurements du lias inférieur, etc.

Assise à bancs calcaires. — Cette assise, à laquelle on a

Gryphœa arcuata.

aussi donné le nom de *calcaire à Gryphées arquées*, à cause de la grande quantité de ces fossiles qu'on rencontre dans la plupart de ses bancs calcaires, présente dans sa composition un caractère de simplicité et d'uniformité remarquable sur les différents points du département où elle est mise à jour par les carrières ou par les tranchées des routes. C'est un dépôt bien stratifié, formé d'une succession de bancs de calcaire plus ou moins épais (de 10 à 15 centimètres), séparés par des lits inégaux de marnes, qui ont en général une puissance plus considérable que les bancs subordonnés. Le calcaire à Gryphées forme aussi parfois de simples rognons stratifiés au milieu de l'argile. Il est compacte, un peu terreux, à cassure plane et unie ou conchoïdale, à grains fins, présentant cependant quelques parties miroitantes ; sa couleur varie du gris bleuâtre au bleu foncé ; cette dernière nuance appartient surtout aux variétés bitumineuses, la première aux couches légèrement sableuses que l'on trouve à la partie inférieure de l'assise. Les bancs de calcaire sont traversés par des fissures verticales qui forment un réseau assez compliqué à leur surface et en facilitent l'exploitation. Sur les faces qui correspondent à ces fentes et au lit naturel de la pierre, le calcaire présente des teintes qui se rapprochent plus ou moins de la nuance ocreuse et qui pas-

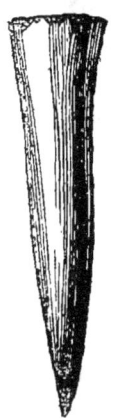

Belemnites brevis.

sent d'une manière insensible à la couleur primitive de la roche. Cette décoloration est un des caractères les plus constants de la formation. Il est aussi très-fréquent de rencontrer à la surface des bancs calcaires une espèce de marne durcie qui fait corps avec eux et ne s'en détache que difficilement. Les marnes qui séparent les couches solides sont fortement argileuses, de couleur jaunâtre près de la surface, bleuâtre dans la profondeur ; elles deviennent schisteuses et d'un bleu d'ardoise foncé dans la partie inférieure de l'assise.

L'assise supérieure du premier étage est terminée vers le haut par une couche de marnes calcareuses, formée de lits minces, dans laquelle s'observe à côté de la *Gryphœa arcuata*, la *Belemnites brevis*, fossile qui est éminemment caractéristique de cette couche ; il détermine un véritable niveau géologique, un horizon dans l'acception la mieux déterminée du mot.

L'assise calcaire renferme une grande quantité de fossiles ; les cinq ou six premiers bancs ne renferment pas de Gryphées arquées ; les deux ou trois premiers sont caractérisés par l'*Ammonites planorbis* et les deux ou trois suivants, par l'*Ammonites angulatus*. Dans le reste de la formation abonde la *Gryphœa arcuata*. Ce fossile, le plus caractéristique de l'étage inférieur, auquel il est propre, se

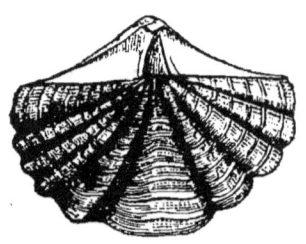

Spirifer Walcotii.

présente quelquefois en si grande quantité que le sol qui repose sur certaines couches en est littéralement couvert. Inférieurement on rencontre une petite Lingule (*Lingula metensis*) assez abondante, ayant les deux valves réunies; puis viennent des Spirifères (*Spirifer Walcotii*), des Limes de grande taille (*Lima gigantea*), des Ammonites (*Ammonites bisulcatus* ou *Bucklandi*), parfois

Ammonites bisulcatus.

de plus d'un mètre de diamètre, des nids ou foisonnent les Rhynchonelles (*Rhynchonella variabiles* ou *Terebratula variabilis*), des Pentacrinites (*Pentacrinites basaltiformis, scalaris, etc.*). Ces derniers fossiles, les Rhynchonelles et les Pentacrinites, se montrent quelquefois avec une telle abondance que la roche calcaire qui les renferme prend une texture par-

Pentacrinites basaltiformis.

ticulière. Plus haut se trouve l'horizon des *Pholadomyes* et des *Pleuromyes* qui démontrent que cette partie de l'étage inférieur du Lias a été longtemps battue par les flots et a servi de rivage; enfin avec les dernières Gryphées arquées se présente la petite Bélemnites (*Belemnites brevis*) qui est toute spéciale aux marnes supérieures.

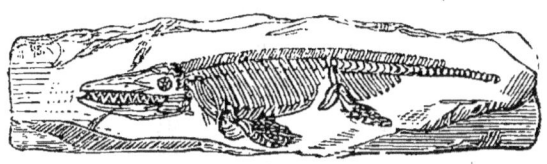

Ichthyosaurus communis.

Les environs de Metz présentent des circonstances très-favorables pour l'étude de l'étage inférieur du Terrain liasique. D'une part, en effet, les nombreuses carrières qui sont ouvertes dans le voisinage de cette ville pour l'exploitation de la pierre avec laquelle on fabrique la chaux renommée qui lui emprunte son nom, mettent à jour l'étage du calcaire à Gryphées sur une grande hauteur ; de l'autre, les routes qui se dirigent vers l'est, permettent d'étudier, dans plusieurs tranchées, les marnes rouges. Les affleurements du lias inférieur sont toujours marqués de ce côté par une saillie très-prononcée à la surface du sol occupé par les Marnes irisées. Parvenu au sommet de la côte que cette saillie détermine, on voit les bancs calcaires s'étendre vers l'ouest à une distance considérable sous forme d'un plateau légèrement déclive, à surface presque plane, et où les villages sont très-pressés ; car les terres qui reposent sur cette partie de la Formation liasique, sont d'une grande richesse et nourrissent une population nombreuse.

Les points où les couches les plus élevées de cette assise se sont montrées avec le plus d'évidence, sont les champs situés à l'ouest du village de Magny, dans lesquels on a ouvert une large chambre d'emprunt pour la construction du remblai qui sert au chemin de fer à franchir la vallée de la Seille. On a mis à jour, dans cette localité, les bancs qui appartiennent à la partie tout à fait supérieure du dépôt calcaire; ils sont peu épais et offrent cette particularité remarquable de contenir, indépendamment des Gryphées et des Pentacrinites qui y abondent, la Bélemnite (*Belemnites brevis*) que nous avons signalée dans cette partie de l'assise. Cette particularité n'est point propre seulement au lias des environs de Magny; elle a été constatée dans toute l'étendue du département; elle se reproduit notamment dans des situations identiques, près de Peltre et d'Ars-Laquenexy, deux localités qui se trouvent au contact des bancs calcaires et des marnes qui les recouvrent. Il importe de faire remarquer à ce sujet que la présence d'une Bélemnite dans les derniers bancs de l'assise calcaire, justifie complétement la réunion qui a été faite, par tous les géologues de notre con-

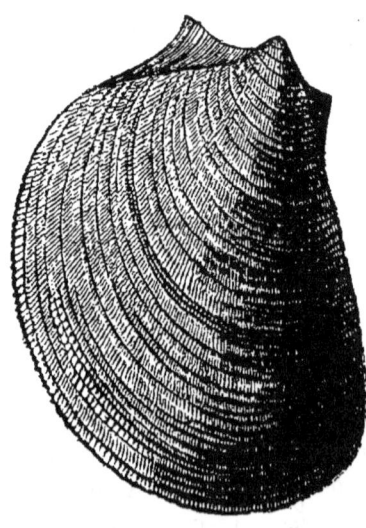

Lima gigantea.

trée, des divers étages de la Formation du Lias ; elle tend
à établir un passage entre l'assise à bancs calcaires et les
marnes qui lui sont superposées.

DEUXIÈME ÉTAGE. — Le second étage ou étage moyen
est formé : 1º *d'une assise de marnes sableuses* terminée par
un banc de calcaire ocreux (calcaires à Bélemnites) ; 2º par
des marnes feuilletées, des marnes à ovoïdes et par *un calcaire lumachelle* recouvert par *un grès* (grès médioliasique).

Marnes sableuses. — L'assise qui commence le second
étage se trouve souvent confondue avec les marnes feuilletées, dont elle affecte parfois la disposition pétrographique.
Elle est formée par des couches de marnes sablonneuses,
feuilletées, grises, bleuâtres ou brunâtres, dont l'ensemble
atteint une puissance de 15 à 30 mètres. Ces couches renferment du gypse en cristaux isolés de forme rhomboïdrique,
du fer sulfuré en rognons de diverses grosseurs et quelques
petits ovoïdes ferrugineux ; elles ne sont pas très-riches en
fossiles ; on y trouve cependant des Hyppopodium (*Hyppopodium ponderosum*), des Gryphées (*Gryphæa cymbium*), des
Ammonites (*Ammonites turneri*), etc.

On trouve les marnes sableuses derrière la tuilerie de
Queuleu, dans la tranchée du chemin de fer au-dessous de
la Haute-Bévoie, très-développées sur les bords de la Seille,
Marly, Pommerieux, Illange, près de Thionville, etc. On peut
surtout les étudier le long de la voie de fer, entre Magny et
Peltre, où elles ont été coupées sur une assez grande hauteur.

Calcaire ocreux. — Au-dessus des marnes sableuses
règne un calcaire qui a reçu le nom de *calcaire ocreux*
(M. Levallois), à raison de la grande quantité de pyrites décomposés qu'il contient. Ce calcaire a aussi reçu le nom de
Calcaire à Bélemnites (M. d'Omalius), à cause de l'abondance
de ce genre de mollusques qui se mêlent à sa pâte. Il est

marneux, de couleur grise brunâtre ou jaunâtre, et forme des couches peu épaisses au milieu de marnes grises. Les fossiles que l'on trouve dans l'assise du calcaire ocreux sont beaucoup plus nombreux dans le calcaire que dans les marnes; les carrières qui ont été ouvertes temporairement dans les environs de Metz en ont fourni de fort bien conservés, entre autres nous citerons des Bélemnites (*Belemnites elongatus*), des Ammonites (*Ammonites Davœi, planicostatus, fimbriatus*), des Térébratules(*Terebratula cornuta, numismalis*), des Gryphées (*Gryphœa cymbium*), etc.

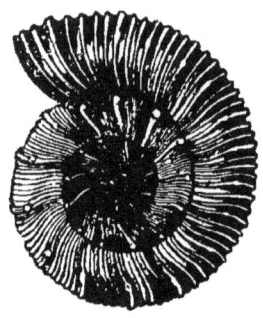

Ammonites Davœi.

Le calcaire à Bélemnites est très-développé dans les environs de Metz; il commence à se montrer aux portes mêmes de cette ville dans les coteaux de Queuleu et de Peltre; de là il s'étend vers Mercy-le-Haut, Mécleuves, Pouilly et Fleury, embrassant presque tout l'espace compris entre les rives de la Seille et Courcelles-sur-Nied. Les carrières que l'on a ouvertes, les tranchées que la construction du chemin de fer a nécessitées, rendent cette région très-précieuse pour l'étude des couches les plus élevées du calcaire a Gryphées et de toute l'assise du calcaire ocreux. Le point où on peut aussi très-bien observer cette assise est sur le chemin de Béchy à Luppy. A peine a-t-on dépassé les maisons du premier village, qui est construit tout entier sur le calcaire à Gryphées, que l'on gravit une pente assez raide formée par les marnes sableuses inférieures au calcaire ocreux. La côte est couronnée par le calcaire à Bélemnites, en couches épaisses seulement de quelques centimètres. Ce calcaire et les marnes qui lui sont subordonnées, forment une bande continue que l'on peut suivre en marchant à partir de Luppy vers l'ouest jusqu'à la route de Metz à Château-Salins par Solgne. Au-dessus du premier village, la partie calcaire qui termine l'assise, paraît dans une tranchée de la route qui se dirige vers Buchy.

Les affleurements de l'assise du calcaire ocreux couvrent encore presque entièrement le sol des communes de Flévy, Ennery, Rugy, Chailly, Argancy, Sanry, Charly et Chieulles. Toute l'assise s'y montre avec sa composition habituelle, formée d'une couche assez puissante de marnes, laquelle est surmontée de quelques bancs calcaires.

Les marnes peuvent s'observer dans les petites vallées qui découpent le plateau ; on les voit bien à la descente de Flévy à Chelaincourt et sur le chemin de Charly à Antilly.

Les minces couches calcaires qui couronnent l'assise, sont exploitées au nord-est de Charly, sur les flancs de la vallée qui vient des bois d'Ennery.

Marnes feuilletées. — Le calcaire à Bélemnites est recouvert par un dépôt de marnes argileuses ou argilo-sableuses qui acquièrent parfois une très-grande puissance ; elles sont bleuâtres et très-feuilletées ; dans la partie inférieure du dépôt elles sont très-compactes et très-grasses ; on

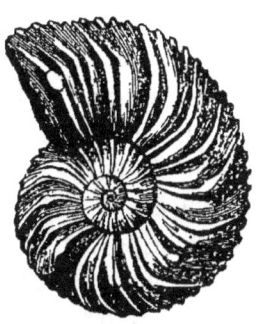

Ammonites margaritatus.

les utilise dans les briqueteries et les tuileries. Ces marnes ne paraissent pas posséder une faune particulière ; elle tient à la fois de l'assise qui précède et de celle qui suit, ce sont des Bélemnites (*Belemnites clavatus, umbilicatus*), des Ammonites (*Ammonites margaritatus*), des Pleurotomaires (*Pleu-*

Belemnites clavatus.

rotomaria araneosa), etc. Presque tous ces fossiles sont pétrifiés par le sulfure de fer. A Saint-Julien-lès Metz et sur les bords de la Moselle, près de Malroy et d'Illange, on a de belles coupes de ces marnes. Elles sont surtout bien mises au jour auprès de Malroy, où elles forment un escarpement presqu'à pic d'une vingtaine de mètres de hauteur.

Marnes à ovoïdes ferrugineux. — La couche que forment ces marnes, souvent réunie au dépôt précédent, mérite cependant d'en être séparée, parce qu'elle constitue un horizon constant très-reconnaissable et parce qu'elle possède quelques fossiles (un grand nombre de *Foraminifères*) qui ne se trouvent que fort rarement dans les marnes sous-jacentes. C'est comme ces dernières un dépôt argileux ou argilo-sableux, bleuâtre et feuilleté, mais qui est très-bien caractérisé, dans le département, par de nombreux corps réniformes ou arrondis dont les plus gros ont jusqu'à $0^m,30$ de diamètre, et qui sont connus sous le nom d'*Ovoïdes* ou d'*OEtites ferrugineux*. Ceux-ci, disposés par lits au milieu des marnes, se divisent généralement en plaques concentriques, qui offrent diverses nuances de jaune et de brun, et qui donnent à la roche, lorsqu'elle est cassée, un aspect rubané ; l'intérieur est souvent formé d'une pâte bleuâtre à grains très-fins et qui n'est autre chose qu'un carbonate de fer argileux, présentant la composition primitive de la roche ; quelques-uns, et ce sont principalement ceux que l'on rencontre dans la partie supérieure du dépôt, se délitent en plaques minces parallèles à la stratification. Il arrive aussi fréquemment que la décomposition du carbonate de fer s'est faite, dans le même ovoïde, autour de plusieurs centres ; il offre dans ce cas une structure très-compliquée.

Les vides dont les nodules ferrugineux sont criblés, affectant quelquefois des formes géométriques, sont presque toujours tapissés de cristaux ou de lamelles cristallines de minéraux qui diffèrent de la pâte du nodule. Les plus communs sont la chaux carbonatée et la baryte sulfatée; on y trouve aussi des substances métalliques, telles que la blende, la galène, la pyrite; le manganèse oxydé noir se montre aussi fréquemment tapissant les joints des œtites. Certains ovoïdes ocreux paraissent provenir de la décomposition de rognons de pyrite; on y rencontre des cristaux de sulfate de chaux, tant à l'intérieur que sur la surface. Le gypse en lamelles cristallines n'est pas rare dans les marnes. Enfin les œtites sont souvent recouverts de fossiles; on en trouve même engagés dans les ovoïdes dont ils forment le centre.

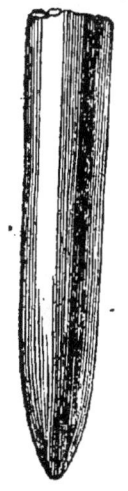

Belemnites
Fournelianus.

Les ovoïdes se trouvent à Ars, derrière l'église, au pied de la côte Saint-Quentin, et surtout au sommet de la côte Saint-Julien, etc.

Il convient de rattacher à cette assise et de mentionner un petit lit de calcaire marneux formé de petits cônes s'emboîtant les uns dans les autres, et que les Allemands ont appelé *Nagelkalk* (calcaire claviforme). On le trouve en face de la pointe de l'île Chambière, sur le chemin de Malroy.

Calcaire lumachelle — Au-dessus des marnes à ovoïdes ferrugineux existent, au milieu de marnes, des bancs inégaux de calcaire sableux, noduleux, bleuâtre ou grisâtre,

4.

très-riches en fossiles, auquel M. Terquem a donné le nom de *Calcaire lumachelle*. Les gros nodules, dont ce calcaire est formé, ne sont souvent que des agrégats de divers fossiles, parmi lesquels les *Encrinites*, les *Térébratules*, les

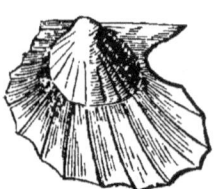

Ammonites, les *Bélemnites*, les *Plicatules*, les *Avicules*, sont les plus abondants. Aux environs de Metz, on trouve cette couche au pied du Saint-Quentin (par le ban Saint-Martin), à Ars (derrière l'église), dans les vignes de Saint-Julien, etc., etc.

Avicula inœquivalvis.

Grès médioliasique. — Au calcaire lumachelle succède un grès d'un gris sale, à grains très-fins, réunis par un ciment argileux et peu consistant; il renferme quelques paillettes de mica. Certaines parties de ce grès se présentent en masses épaisses ; mais il est plus commun de le voir extraordinairement fissile. Ce dépôt sableux a été décrit par M. Simon sous le nom de *Marnes grises micacées siliceuses.*

Les couches de cette formation se reconnaissent difficilement lorsque la roche ne se produit pas avec son caractère pétrographique; la présence d'un fossile, la Plicatule épineuse (*Plicatula spinosa)*, obvie fréquemment à cette difficulté. On peut les étudier sur les coteaux qui séparent la Seille de la Moselle. Les marnes à ovoïdes remontent jusqu'au quart environ de la hauteur de ces coteaux ; c'est là que le grès médioliasique commence à paraître, et il s'y

Plicatula spinosa.

montre avec un grand développement. C'est probablement
le point du département où on peut le mieux l'étudier.

Le grès médioliasique forme le sol des villages de Féy,
Vezon, Marieulles, Lorry-devant-le-Pont et Mardigny ; de
nombreux puits y sont creusés, qui alimentent d'eau ces localités au moins partiellement, car quelques-unes d'entre
elles ont aussi de belles fontaines qui proviennent des sources
de l'Oolithe. On les trouve aussi à Ars, derrière l'église,
Jouy, Corny ; au pied du Saint-Quentin, on peut les suivre
depuis le chemin de Scy jusqu'à celui de Plappeville et de
Lorry, en face de la Bonne-Fontaine, etc. ; à Beuvange-
sous-Saint-Michel, Guentrange, près de Thionville, etc.
Elles paraissent également avec leurs fossiles caractéristiques (*Plicatula spinosa, Ammonites margaritatus, Belemnites abbreviatus, etc.*), sur la côte de Luppy ; c'est sur elles
qu'est posé le signal de cette localité ; sur le chemin de
Tragny à Luppy, sur celui de Thimonville à Juville et dans
le bois de Solgne, etc.

TROISIÈME ÉTAGE. — Le troisième étage ou étage supérieur comprend : 1° *une assise de marnes bitumineuses*
recouverte par *un calcaire noduleux, des marnes à Trochus
subduplicatus et un calcaire gréseux*; 2° *une couche à
Trigonia navis et à Nucula Hammeri et un grès* (grès supraliasique); 3° *un hydroxyde de fer oolithique* (fer supraliasique), terminé par *une mince couche de marnes argileuses.*

Marnes bitumineuses — Si on s'élève au-dessus du
niveau du calcaire sableux et du grès qui terminent l'étage
moyen, on trouve une assise, souvent puissante en étendue
et en hauteur, qui est principalement composée de marnes
feuilletées, argileuses ou argilo-sableuses, grises ou bleuâtres,
et qui est caractérisée par la prodigieuse multiplication des

Posidonia liasina et *Bronni* qui se montrent sur leurs innombrables feuillets. Elles renferment, outre les ovoïdes calcaires que l'on rencontre dans tout le reste de la Formation liasique, du gypse, de la pyrite de fer et des plaquettes de calcaire; ces dernières contiennent, comme les marnes, une très-grande quantité de Posidonies. Il arrive fréquemment que vers la base, les marnes à Posidonies sont noirâtres et renferment assez de bitume pour pouvoir brûler. Ce sont celles qui ont été exploitées à Aubange et dont on a tiré un produit liquide, de consistance huileuse, qui n'a pu être employé dans les arts.

Indépendamment des Posidonies, les marnes supraliasiques contiennent de nombreux fossiles ; les plus communs sont des Bélemnites (*Belemnites acuarias, irregularis*), des Ammonites (*Ammonites complanatus, Hollandrei*), des débris de *Poissons, etc.*

Calcaire noduleux (M. Terquem). — Les marnes bitumineuses sont recouvertes par une assise de marnes compactes dans lesquelles se trouve un calcaire noduleux qui est tellement lardé de fossiles bien conservés qu'il constitue une véritable lumachelle.

Ce calcaire se montre en couches interrompues sur plusieurs points du département ; il possède son plus grand développement à Gorcy et à Long-la-Ville, près de Longwy. On le trouve en lits très-minces à Voisage, Mécleuves, Corny, près du bois entre Vaux et Ars, etc. Partout il se caractérise par des fossiles identiques et plus ou moins abondants : *Ammonites bifrons, Evomphalus minutus, etc., etc.*

Ammonites bifrons.

Marnes à Trochus subduplicatus. — Les couches de ces marnes, très-développées et très-riches en fossiles dans d'autres contrées, se montrent au contraire atrophiées et très-pauvres dans notre département, où elles n'ont encore été signalées que dans un point de la côte d'Ars et sur la côte Saint-Quentin.

Calcaire gréseux. — Ce calcaire, qui forme la partie supérieure de l'assise des marnes bitumineuses, est d'une couleur brune et d'une constitution schisteuse ; il se montre très-developpé au delà de Guentrange, depuis Chaude-bourg jusque sur le flanc de la côte Saint-Michel. On l'a aussi reconnu sur les hauteurs de la côte d'Ars, très-près de Vaux, dans des fouilles exercées pour la recherche du minerai de fer et évidemment pratiquées beaucoup trop bas. Cette couche est caractérisée par des *Crocodiles*, des débris de *Poissons*, l'*Ammonites concavus*, l'*Inoceramus amygdaloïdes*, l'*Evomphalus minutus* et une grande quantité d'*Écrevisses*.

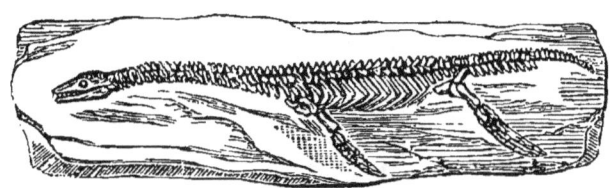

Plesiosaurus dolichodeirus.

Les marnes supraliasiques sont peu compactes ; elles ont une tendance très-prononcée à glisser, tendance qui s'accroît surtout lorsqu'elles sont imprégnées d'humidité. C'est à des accidents provoqués par cette propriété qu'il faut attribuer les surfaces en général extrêmement contournées et bosselées des coteaux dont elles constituent le sol. Sur le versant des côtes qui regardent la Moselle, un peu au nord de Voisage, on voit un arrachement assez étendu dans les marnes à Posidonies qui n'est autre chose que le résultat du glissement de la base de la colline provoqué par l'ouverture d'une tranchée. Des accidents semblables se remarquent encore à Sainte-Ruffine. L'équilibre de ces marnes est très-instable et il suffit le plus souvent du plus léger accident, d'une simple coupure pratiquée au pied de la côte, ou d'une pression opérée dans le haut par un remblai pour provoquer un glissement considérable qui s'étend de proche en proche jusqu'aux parties les plus élevées et qu'il est ensuite presque impossible d'arrêter. Le drainage est, dans le cas d'un semblable accident, la seule opération qui puisse apporter quelque remède au mal ; encore n'est-il trop souvent qu'un palliatif insuffisant.

Couche à Trigonia navis et à Nucula Hammeri. — Cette couche, qui occupe la base du grès supraliasique, se trouve à l'état de grès dans les environs de Thionville et sur le

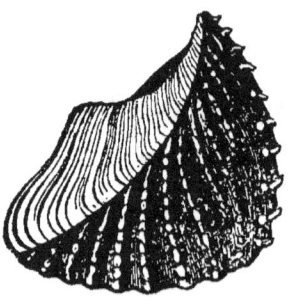

Trigonia navis. Nucula ovalis.

Saint-Quentin (Metz) ; elle est formée de marnes bleues micacées, à Gorze, où elle renferme une très-grande quantité de Nucules *(Nucula ovalis)*, mais où la Trigonie fait défaut et est remplacée par des *Lucines* très-plates qu'on ne connaissait encore qu'aux environs de Nancy.

Grès supraliasique. — Dans le département de la Moselle, ce grès à une épaisseur qui varie de 10 à 30 mètres ; il est jaunâtre et micacé, à grains très-fins, réunis par un ciment ocreux ou argileux. Il est généralement peu consistant ; dans quelques localités, et notamment au Mont-Saint-Quentin et au-dessus de Novéant, il acquiert une dureté exceptionnelle ; les grains très-serrés et les bancs présentent dans leur intérieur des teintes bleuâtres. Ces grès durs sont particuliers à la partie inférieure du dépôt et n'y forment que des accidents ; il est au contraire extrêmement commun de rencontrer, dans la partie supérieure, de petites veinules de fer hydraté brun qui forment un réseau très-compliqué dans la masse de la roche. Les plaquettes de fer qu'on exploite dans la forêt domaniale de Florange, pour l'usine de Hayange, appartiennent à ce gîte de minerai ; elles semblent être les précurseurs du dépôt de l'hydroxyde qui a succédé. Les fossiles les plus abondants dans le grès supraliasique sont des *Bélemnites*, des *Ammonites*, des *Pholodomyes*, des *Hettangia* [1], des *Ceromya, etc.* ; mais le fossile le plus caractéristique est l'*Ammonites jurensis*. Dans la partie supérieure, ce grès est fissile et se confond avec l'hydroxyde oolithique par l'intrusion réciproque des oolithes dans les assises gréseuses, et du sable dans les couches ferrifères. Les limites inférieures du grès sont faciles à reconnaître, en ce qu'elles forment le niveau de sources abondantes. On trouve le grès supraliasique près du sommet du Saint-Quentin (butte de Charles-Quint), au-dessus de Tignomont, dans les environs de

---

[1] Nouveau genre d'Acéphales auxquelles M. Terquem a donné ce nom pour rappeler que c'est dans la riche localité de Hettange que leurs coquilles ont été découvertes la première fois, dans le département de la Moselle.

Thionville, au sommet de la côte de Guentrange, Saint-Michel, dans les environs de Longwy, à Mont-Saint-Martin, à Long-la-Ville, etc.

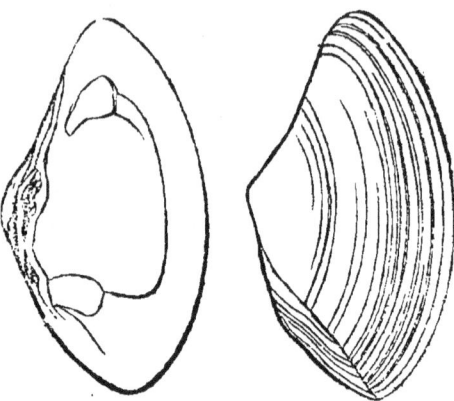

Hettangia Dionvillensis.

Hydroxyde oolithique. — L'oolithe ferrugineuse donne, dans la Moselle, à l'étage supraliasique, un intérêt tout particulier, à cause des ressources que l'industrie en tire. Elle forme tantôt une seule, tantôt plusieurs couches composées de petits grains bruns d'hydroxyde de fer, très-brillants à la surface et ayant communément la grosseur d'une tête d'épingle, lesquels sont agglutinés par un ciment ferrugineux ou argileux ; le tout est coloré en brun ou en rouge par l'oxyde de fer. On y trouve disséminées, sous forme de masses irrégulières, des roches oolithiques bleuâtres ou verdâtres, qui sont des silicates de protoxyde de fer ; quelquefois aussi ces variétés de minerai sont mélangées dans une même couche qui offre alors une grande bigarrure de couleurs. Ces mélanges, ainsi que les minerais bleu et vert, sont propres à la partie inférieure du dépôt. Toute la formation est traversée, comme le grès supraliasique, par de petites veinules d'hématite. La faune de l'hydroxyde oolithique est identique en tous points à celle du grès supraliasique et leur ensemble répond à l'assise à *Ammonites jurensis et insignis* des Allemands.

Le gîte d'hydroxyde oolithique est un des horizons géologiques les mieux reconnus dans l'est de la France ; les exploitations qui y sont ouvertes et les nombreuses recherches auxquelles il a donné lieu, ont permis de le suivre sur tout le pourtour de la falaise qui termine le plateau jurassique, depuis Novéant, aux confins du département de la Meurthe, jusqu'à Charency-Vezin, sur la limite de la Meuse, c'est-à-dire sur une étendue de 100 kilomètres. Dans cet espace, il repose constamment sur le grès supraliasique et il est nettement terminé, à la partie supérieure, par des marnes argileuses qui forment la dernière couche du Lias.

Le fer hydroxydé ne se présente pas partout avec le même développement. Dans la vallée de la Moselle, à la hauteur de Metz, il se réduit à une couche de 2 mètres de puissance ; on le trouve à Moyeuvre formant déjà plusieurs bancs qui sont séparés par des lits de calcaire sableux et marneux. En continuant à marcher vers le nord, on arrive à Hayange où l'assise de l'hydroxyde a une puissance considérable. A Ottange, localité située dans une petite vallée près du point où la falaise, après avoir couru vers le nord, tourne brusquement à l'ouest, le dépôt atteint sa plus grande épaisseur. Il se compose là de deux couches principales de minerai de 4 à 5 mètres d'épaisseur chacune, qui sont séparées par un intervalle de 25 mètres de hauteur. Cet intervalle est rempli par des couches sableuses peu consistantes, dans lesquelles domine tantôt le calcaire, tantôt l'oolithe ferrugineuse, mais qui ne sont jamais assez riches pour constituer un véritable minerai.

Les principales exploitations de ce minerai se trouvent sur les territoires des communes de Hayange, Erzange, Fameck, Marspich, Volkrange, Algrange, Fontoy, Neuf-chef, Nilvange, Knutange, Ranguevaux, Moyeuvre-Grande, Moyeuvre-Petite, Rosselange, Rombas, Jœuf, Montois-la-Montagne, Briey, Cosnes, Ottange, Villerupt, Hussigny, Haucourt, Longwy, Mont-Saint-Martin, Ancy-sur-Moselle, Ars-sur-Moselle, Jussy, etc.

Dans le département de la Moselle, la Formation liasique est terminée par des marnes qui recouvrent d'une manière constante le gîte d'hydroxyde oolithique. Elles sont assez compactes, grises, verdâtres ou même bleuâtres. On y trouve des amandes de calcaire grenu un peu lamellaire, dont les surfaces sont lisses et paraissent avoir été roulées. Elles sont généralement recouvertes d'un mince enduit ferrugineux. A ces marnes correspond, dans la Moselle, un niveau d'eau très-étendu ; il comprend les sources les plus abondantes de la région occidentale.

Débris organiques. — La Formation liasique est très-riche en corps organisés fossiles. On y trouve des *Végétaux*, des *Zoophytes* (Encrinites, Pentacrinites), un grand nombre de *Mollusques* et des *Animaux vertébrés*.

On a trouvé des tiges ou des branches de bois carbonisé dans les marnes du calcaire à Bélemnites du coteau de Queuleu, près de Metz, etc. M. Jacquot a rencontré dans un ovoïde des marnes bitumineuses, entre Féy et Vezon, un bel échantillon de bois silicifié. Sur différents points du département — à Œutrange, à Bettange, à Herserange, à Lorry, au Mont-Saint-Quentin, etc. — on a signalé dans les mêmes marnes, la présence de petites veines de lignite.

Les conchifères appartiennent principalement aux Mollusques céphalopodes *(Ammonites, Nautilus, Belemnites, etc.*), gasteropodes (*Ampullaria, Littorina, Nerita, Trochus, Turbo, Pleurotomaria, Cerithium, etc.*), acéphales (*Pholadomya, Mytilus, Avicula, Gervillia, Lingula, Lima, Pecten, Posidonia, Plicatula, Gryphæa, Ostrea, Hettangia, Trigonia, Inoceramus, etc.*), brachiopodes (*Rhynchonella, Terebratula, Spirifer, etc.*).

Pterodactylus longirostris.

Les débris des Animaux vertébrés appartiennent aux Poissons (*dents* et *écailles*) et aux Reptiles (*Ichthyosaures, Plésiosaures, Ptérodactyles*). C'est à ces sauriens qu'appartiennent les excréments fossiles appelés *coprolithes*.

Usages des roches. — Le calcaire à Gryphées arquées est exploité sur de nombreux points du département pour la fabrication de la chaux hydraulique, qui a, sous le nom de *Chaux de Metz*, une très-grande réputation. Elle doit sa propriété à l'argile qui entre, à 15 p. % environ, dans la composition du calcaire. [1] Un très-grand nombre de fours

[1] Composition du calcaire hydraulique de Metz :

Carbonate de chaux.........	77,3
— de magnésie......	3,0
— de fer...........	3,0
— de manganèse.....	1,5
Argile ou silice............	15,2
	100,0

sont alimentés avec ce calcaire, et les produits en sont expédiés au loin ; ces fours sont généralement situés à proximité des carrières ; les principaux centres d'extractions sont à Metzervisse, Guénange, Nidange, Vallières, Silly-sur-Nied, Grigy, Silly-en-Saulnois, Pommerieux, Landremont, Avancy, Pange, Montoy, Glatigny, etc. La roche du Lias ayant une grande densité, et étant pour ainsi dire privée de pores, donne de mauvaises pierres pour les constructions ; les moellons qu'on tire de cette roche ne sont employés que dans les localités où on ne peut pas s'en procurer d'autres ; les murs qui en sont construits deviennent très-humides quand le temps se met à la pluie. Le calcaire à Gryphées donne des matériaux assez résistants qui sont utilisés, dans quelques parties des arrondissements de Metz et de Thionville, pour l'entretien des routes ; on en tire aussi des pavés.

Près de Haute-Guénange, on exploite, dans le calcaire à Gryphées, un banc qui fournit des tablettes noires qui prennent un beau poli. Dans les carrelages de vestibule, on associe habituellement à ce calcaire des pierres blanches, calcaires ou grès. C'est aussi le calcaire de Guénange que l'on trouve fréquemment employé comme tablettes devant les cheminées.

Les marnes feuilletées et les marnes supraliasiques fournissent des argiles à un grand nombre de tuileries. A Russange et à Audun-le-Tiche, on exploite même dans les marnes supraliasiques des terres qui sont employées, dans la dernière localité, à la fabrication de la poterie commune.

Là où le sable manque, on peut exploiter, pour le remplacer, des grès peu agrégés, qui ne sont pas rares dans la Formation. Le sable qui sert au moulage de la fonte, dans la plus grande partie des établissements métallurgiques du

lépartement, est emprunté soit au grès supraliasique, soit
ıux dépôts provenant du remaniement de ce grès par les
courants diluviens.

L'hydroxyde oolithique est, de tous les minerais exploités
lans le département, celui qui fournit la plus grande masse
le produits. Il contribue beaucoup à la prospérité des éta-
)lissements métallurgiques de la contrée ; associé le plus
souvent à une gangue calcaire, il est très-fusible, il rend
en moyenne 33 p. % de fonte. Il est l'aliment presque
exclusif des fourneaux à coke du département, et il entre
ıussi pour une quantité plus ou moins forte, suivant la
qualité de fonte à produire, dans le lit de fusion des
fourneaux au bois.

Agriculture. — Les terres arables du Lias sont de
nature fort diverse. La partie inférieure, formée par les
marnes rouges et par les couches alternatives de marnes
pleues et de calcaire argileux du *Calcaire à Gryphées*,
donne des sols d'une grande fertilité et très-propres à la
culture des céréales et des plantes oléagineuses. Les sols
riches des cantons de Metzervisse, de Vigy, de Pange,
de Verny, reposent sur cette partie du Terrain liasique.
La partie moyenne et la partie supérieure sont principalement formées de marnes très-compactes qui retiennent
trop fortement l'eau pour présenter un bon sol à la culture.
Les affleurements de ces marnes se montrent dans les
collines qui s'étendent sans discontinuité sur les bords de
la Moselle et de la Seille, depuis Zoufftgen, aux confins
du Luxembourg, jusqu'à Lorry-devant-le-Pont, aux confins
de la Meurthe. C'est sur les sols arables de ces marnes,
souvent très-modifiées par les éboulis qui proviennent
des calcaires oolithiques qui les dominent, que sont assis
les vignobles qui s'étendent sur les côtes de la Moselle et

de la Seille. Les marnes du Lias s'arrêtent aux deux tiers environ des collines ; c'est là que commence l'Oolithe et qu'aux cultures variées qui couvrent leur pente, on voit succéder des forêts ou de maigres pâturages.

La contrée occupée par le Terrain du Lias est assez riche en sources. Les marnes rouges, qui se trouvent dans la partie orientale, donnent lieu à un niveau de sources dont les eaux proviennent des fissures du calcaire à Gryphées. Dans la partie moyenne de la Formation, on voit un nombre considérable de sources sortir des marnes gréseuses ou des grès qui tiennent la place ; elles sont d'un écoulement constant, de bonne eau, et souvent ferrugineuses. La nappe d'eau qui produit les sources minérales s'épanche habituellement un peu au-dessus des marnes à Plicatules (*grès médioliasique*); elle paraît emprunter les sels qu'elle tient en dissolution aux ovoïdes calcaro-ferrugineux et pyritifères que l'on rencontre dans les marnes qui lui sont supérieures. Parmi les sources qu'elle alimente, celles de la Bonne-Fontaine et de Lorry sont surtout connues à Metz. Toutes ces sources ont une saveur astringente très-prononcée ; quelques-unes d'entre elles sont utilisées dans certains cas de maladie.

Les limites supérieures du Lias sont marquées par un niveau de sources abondantes qui se trouvent partout indiquées par la station des villages, la plupart à mi-côte, depuis Corny jusqu'à Gorze et Lessy d'une part ; de Chazelles, Semécourt, aux sources de la Fensch et aux environs de Longwy, d'autre part. Lorsque des glissements ont rompu la mince couche d'argile imperméable qui forme le toit de l'hydroxyde, l'eau pénètre dans le dépôt sous-jacent, et les sources deviennent ferrugineuses.

Formation de Hettange.

La Formation de Hettange ne peut être étudiée que dans
'intérieur de la contrée de Luxembourg et non sur les
imites extrêmes du dépôt. Cette étude fait connaître qu'il
r existe trois couches très-distinctes par leur pétrographie :
1° *les marnes rouges;* 2° *un calcaire gréso-bitumineux à
Ammonites planorbis;* 3° *un grès plus ou moins calcaire à
Ammonites angulatus* (Grès de Luxembourg, Grès de Het-
ange). Dans leur ensemble, ces trois couches ont leur
eprésentant dans la Moselle : les deux dernières seules
hangent quant à leur puissance et à leur constitution.

Marnes rouges. — Ces marnes étant identiques à celles
jui sont déjà décrites (page 72), nous nous dispensons de
es traiter une seconde fois.

Calcaire gréso-bitumineux. — Ce calcaire, qui succède
iux marnes rouges, est variable dans sa constitution, selon
a position et le développement qu'il montre ; il constitue des
)ancs d'autant moins épais, plus gréseux et moins nom-
)reux que sa position est plus élevée. En général, ce cal-
:aire est d'un aspect terne, d'un gris noirâtre, à cassure
aboteuse, donnant, par le choc, une forte odeur de bitume.

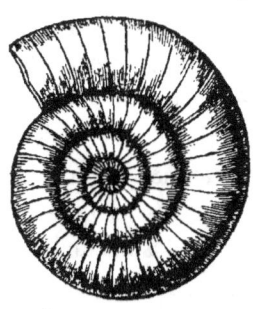

Les marnes subordonnées sont
grisâtres lorsque le grès domine ;
le plus souvent elles sont noires,
très-bitumineuses, se divisant en
feuillets très-minces, et offrant
complétement l'aspect et les propriétés des marnes à Posidonies.
Une faune peu nombreuse caractérise cette assise : *Ammonites pla-*

Ammonites planorbis.

norbis, Ammonites Hagenowii, Cardinia Deshayesi, Cardinia similis, Lima punctata, Ostrea læviuscula.

Grès de Hettange. — Au calcaire gréso-bitumineux succède le grès calcareux de Hettange, qui est connexe et continu avec le Grès de Luxembourg ; il est généralement grisâtre ou flambé de bleu, et devient jaunâtre par la présence d'un peu d'hydroxyde de fer, dont l'abondance variable détermine des teintes plus ou moins foncées. Il se compose de grains de quartz distincts, plus ou moins cimentés par une pâte calcaire ; sa texture est grenue, sa cassure raboteuse, et quelquefois même esquilleuse ; sa dureté est variable, et l'on trouve tous les passages, depuis le grès arénacé jusqu'au grès siliceux le plus dur. On y rencontre des lits irréguliers, poudingiformes, avec ou sans fossiles.

Le Grès de Luxembourg, qui ne se rencontre dans le département qu'à Hettange, Boust, Rodmack, etc., et qui ne présente dans ces localités qu'une épaisseur de 20 à 25 mètres, possède une puissance de plus de 100 mètres à Belfort et à la Rochette, dans le duché de Luxembourg ; ce grand développement, dont le talus de la route montre toutes les couches, permet de reconnaître les dispositions suivantes : Le massif de grès peut être divisé en trois parties à peu près égales ; l'inférieure est privée de fossiles ; la moyenne commence par un lit de 2 à 3 mètres de puissance, entièrement pétri de *Cardinies* plus ou moins brisées et fortement empâtées ; la roche qui succède est sans fossiles et se termine par un banc fossilifère où dominent de grandes *Limes*, la plupart ayant les deux valves réunies ; la partie supérieure se compose d'un grès sans fossiles jusqu'aux dernières couches qui deviennent sableuses et schistoïdes, et qui contiennent des plantes et du lignite ; l'ensemble du massif est couronné par le calcaire à *Gryphœa arcuata*.

Les gros bancs de grès qui sont exploités dans les vastes carrières de Hettange et qui renferment dans leurs couches une si grande variété de fossiles (*Ammonites, Ampullaria, Littorina, Nerita, Hettangia, Pleurotomaria, Plicatula, etc., etc.*), appartiennent à l'assise que nous venons de décrire.

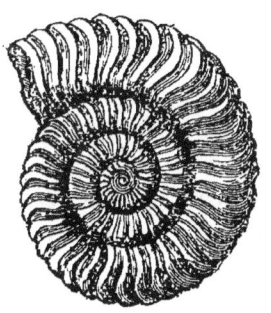

Ammonites angulatus.

Le grès provenant de ces carrières, donne de belles pierres de taille qui, étant réfractaires, sont même employées dans la construction des hauts-fourneaux et des fours de verrerie. On s'en sert aussi pour le pavage et pour l'entretien des routes.

IX. — TERRAIN DE L'OOLITHE INFÉRIEURE.

———

Étendue et Puissance. — La Formation oolithique, ainsi désignée à cause de la texture si fréquente de ses calcaires caractéristiques, occupe une place considérable dans le département ; elle s'étend sur le tiers environ du territoire de la Moselle. Elle constitue la vaste plaine formée par les plateaux élevés qui couvrent tout l'arrondissement de Briey et en partie ceux de Metz et de Thionville ; elle se termine par les collines qui s'étendent, sans discontinuité, sur les bords de la Moselle et de la Seille, depuis Zoufftgen, aux confins du Luxembourg, jusqu'à Lorry-devant-le-Pont, aux confins de la Meurthe d'une part ; et de Metz à Longwy sans interruption d'une autre part. Ainsi, les côtes de Richemont, de Rombas, de Fèves, de Saulny, de Lorry-lès-Metz, de Saint-Quentin, de Châtel-Saint-Germain, d'Ars, etc., sur la rive gauche de la Moselle, et celles d'Arry, de Corny, de Châtel-Saint-Blaise, sur la rive droite, sont oolithiques dans leur partie supérieure.

L'Étage oolithique inférieur paraît aussi sur la partie de la côte de Delme qui pénètre dans le département près de Moncheux ; il ne recouvre là qu'une étendue de terrain presque insignifiante.

Le Terrain oolithique qui, comme nous le voyons, occupe toute la partie ouest du département de la Moselle, a une puissance très-variable ; en se tenant à des moyennes, elle peut être évaluée de 250 à 300 mètres.

L'Oolithe inférieure présente de nombreuses fractures, et les vallées elles-mêmes n'y sont bien souvent que le résultat de déchirures profondes qui ont été élargies plus tard par les eaux. Cette formation se composant d'un ensemble de roches rigides dont la partie supérieure s'est promptement consolidée, et le massif reposant sur des marnes susceptibles de tassement, on comprend que partout où des érosions ont travaillé la base des côtes, il a dû se déterminer des fentes, des ruptures, des bouleversements, beaucoup plus importants sur le sommet des côtes que sur les flancs. A l'appui nous citerons les fentes parallèles et perpendiculaires au grand axe, qui se sont déterminées sur le plateau de Longwy à Longuyon [1] ; le glissement qui s'est produit dans la Fraze entre Ancy et Novéant ; les bouleversements qui, sur la côte de Corny, font face à ce dernier dérangement ; enfin, l'arrachement des roches à Gorze, déterminé par la différence de niveau du vallon de Gorze et de celui du Rupt-de-Mad. L'observation géologique du terrain permet d'assigner une date précise à ce dernier phénomène : il a eu lieu immédiatement après le dépôt du calcaire à Polypiers, attendu que le calcaire et les marnes du fullers-earth qui ont succédé, ont effectué leur dépôt à un niveau de beaucoup inférieur, et y ont produit ce que l'on appelle une faille.

Composition de l'Oolithe inférieure. — Le terrain formé, dans le département de la Moselle, par l'*Étage inférieur de la Formation oolithique*, est un dépôt qui peut être facilement étudié par les caractères pétrographiques

---

[1] Les vastes cavités formées par ces fentes ont été remplayées par des fers d'épanchement et de transport dont nous parlerons plus loin.

et paléontologiques que présente chacune des trois grandes assises qui le composent, et que nous allons décrire en commençant par la plus ancienne.

Assise inférieure. — (Inferior-oolit des Anglais.) Cette assise comprend une série de couches calcaires composées d'une assez grande variété de roches presque toutes plus ou moins sablonneuses, siliceuses ou marneuses ; on les a divisées en trois couches principales, connues dans la Moselle sous les noms de *calcaire ferrugineux*, de *calcaire à Polypiers* et de *calcaire subcompacte*.

Calcaire ferrugineux. — Immédiatement au-dessus des marnes micacées qui terminent le Lias, paraissent des couches d'un calcaire grenu d'un jaune brunâtre, auquel, à cause de sa couleur, on a donné le nom de *calcaire ferrugineux ;* il est parfois sableux et il alterne avec des marnes grises qui renferment beaucoup de sable.

Le calcaire ferrugineux qui ne se présente au sommet du Saint-Quentin et dans le fond de la vallée de Montvaux

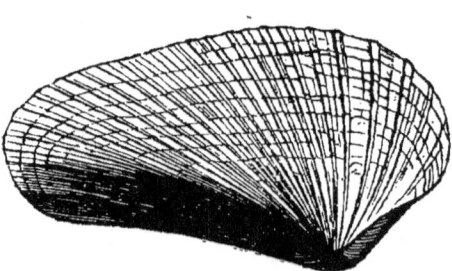

Pholadomya Zieteni.

que sur une puissance de 5 à 6 mètres, occupe toute la hauteur des côtes près de Novéant et dans la vallée du Rupt-de-Mad. Il possède également un grand développement à Fontoy, à Longwy et dans ses environs, etc. On remarque dans quelques couches du calcaire ferrugineux, de petites oolithes brunes qui sont analogues à celles qui entrent dans la composition de l'hydroxyde oolithique, mais qui sont toutefois moins riches et d'une nuance plus claire.

Ces couches sont assez développées près d'Arry et sur le versant opposé de la côte, au-dessus de Vezon et de Marieulles.

Calcaire à Polypiers. — Ce calcaire madréporique qui succède généralement aux couches du calcaire ferrugineux, se distingue de celui-ci par des caractères bien tranchés ;

Isastrea serealis.

il se présente en gros bancs massifs, mal stratifiés, qui figurent assez exactement une muraille en pierres sèches. Sa structure est généralement saccharoïde ou simplement grenue ; quelquefois lamellaire, par suite de la grande quantité d'*Entroques* et de pointes d'*Oursins* qu'il renferme. Sous la première forme, il n'est le plus souvent que le résultat de l'agglomération des *Madrépores*, parmi lesquels dominent ceux du genre *Astrée*. Sa couleur habituelle est le gris. Ce calcaire constitue, dans le département, un horizon très-constant, toujours facile à déterminer. Étant très-résistant, les bancs qu'il forme se présentent habituellement en saillie au sommet des coteaux qui terminent la falaise jurassique. Les coteaux qu'il couronne figurent autant de récifs de cette formation presque exclusivement madréporique. Il renferme une grande quantité de coquilles analogues à celles qui vivent aujourd'hui au sein des mers à l'abri des Coraux et des Polypiers Ce sont des *Perforants*, des *Moules*, des *Peignes*, des *Huîtres*, des *Oursins, etc.* Les *Polypiers* y sont surtout très-abondants, et c'est à cette circonstance que les couches qui le forment doivent le nom qu'elles portent.

Le calcaire à Polypiers de la Moselle contient fréquemment des géodes tapissées de cristaux de carbonate de chaux ; on y trouve aussi de l'hydroxyde de fer cristallisé en octaèdre provenant de la décomposition du sulfure ; certaines variétés de roches deviennent fétides par la percussion.

Les localités où l'on peut étudier le calcaire à Polypiers sont très-nombreuses ; on le rencontre à chaque instant en parcourant le plateau oolithique et les escarpements qui le terminent. Les environs de Longwy, d'Ottange, de Pierrevillers, de Norroy-le-Veneur, de Saulny, d'Ars, etc., offrent d'excellents points d'observation.

Calcaire subcompacte. — Le calcaire subcompacte, isochrone du calcaire à Polypiers, lui est superposé (au-dessus de Rozérieulles, ancienne voie romaine) ; adjacent (Lessy, Genivaux, carrière de Vaux) ou subordonné (sur le revers de Mont-Saint-Blaise, au-dessus de Sommy, de Marieulles et de Lorry-devant-le-Pont), selon que la mer devenait plus ou moins profonde et favorisait ou empêchait la production des *Polypiers*. Il est formé de bancs généralement peu épais, dont le caractère principal est d'être grenus et même lamellaires, par suite de la grande quantité de débris d'*Entroques* ou d'autres fossiles qu'ils renferment. Il y en a qui sont grisâtres ou blanchâtres ; quelques-uns présentent à l'intérieur des taches bleuâtres ; ils sont traversés par des veinules de couleur ocreuse, disposées concentriquement autour des taches. Ces bancs alternent, comme ceux du calcaire ferrugineux, avec des marnes, sableuses, grisâtres. Indépendamment des bancs bien stratifiés, on trouve dans les marnes avec lesquelles ils alternent des sphéroïdes calcaires qui se divisent en plaques minces disposées dans le sens de la stratification. Les couches

formées par ces sphéroïdes sont assez constantes et s'observent dans la vallée de Montvaux, dans celle du Conroy,

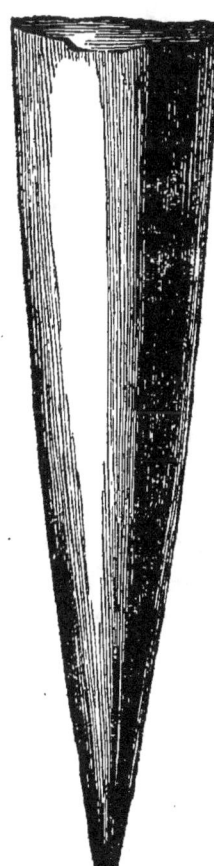

Belemnites gigantea.

près du moulin de Perrotin, et dans les
tranchées auxquelles a donné lieu la
rectification des côtes de Crusnes, de
Longwy et de Longuyon. On rapporte
au niveau qu'elles occupent les calcaires siliceux qui paraissent sur la
route de Briey à Moutiers, et dans la
vallée de la Crusne, près du moulin de
Bernawé. Ces calcaires sont grenus,
grisâtres, intimement mélangés de silice et très-résistants ; ils contiennent
des silex bruns de forme bizarre, souvent très-volumineux, qui se fondent
dans la pâte de la roche. Les couches
qu'ils forment ont de $0^m,50$ à 1 mètre
de puissance ; ils alternent avec des
marnes sableuses.

Le calcaire subcompacte est exploité
pour moellons et pour pavés sur plusieurs points du département, à Lessy,
à Rozérieulles, aux Genivaux, à Sommy, à Marieulles, à Lorry, etc. On en
tire des pierres de taille à Escherange,
Ottange, Audun-le-Tiche, Honcourt,
etc., où les bancs qu'il forme atteignent
une puissance de 2 mètres.

Parmi les fossiles qui caractérisent le calcaire subcompacte, nous citerons des *Bélemnites,* des *Trigonies,* des *Chemnitzia,* des *Avicules, etc.* Dans la carrière de Lessy on trouve
des Bélemnites géantes (*Belemnites gigantea*) qui atteignent

jusqu'à 0^m,50 de longueur. Ce fossile se montre déjà dans
le calcaire ferrugineux, et plus haut dans le fullers-earth ;
mais il ne s'y présente jamais avec une si grande abondance, ni n'atteint un si grand développement [*].

Assise moyenne. — L'assise moyenne de l'Étage inférieur
de l'Oolithe est formée du *fullers-earth*, et de la *grande
oolithe.*

Fullers-earth. — Le fullers-earth ou *argile à foulons
des Anglais* est représenté, dans le département de la
Moselle, par un groupe de couches d'une structure et
d'une composition très-variables ; elles sont généralement
marneuses et sableuses et contiennent. sous forme de
rognons disposés par lits minces, des calcaires compactes,
très-résistants et passant quelquefois à la lumachelle, et
des calcaires marneux pénétrés de grosses oolithes terreuses
ou ferrugineuses. Ces couches sont généralement bleuâtres
ou brunâtres. Sur certains points, au contraire, le fullers-
earth se réduit à des couches sableuses un peu micacées,
d'un gris foncé. Quand il atteint tout son développement,
son épaisseur peut s'élever depuis 6 jusqu'à 10 et même
20 mètres, mais il s'en faut de beaucoup qu'il se présente
partout avec cette puissance. Le plus souvent il se réduit
à quelques minces couches.

Le fullers-earth renferme une grande variété de fossiles,
des *Pholadomyes*, des *Trigonies*, des *Térébratules*, des *Bélemnites, etc.* ; il est surtout caractérisé par l'*Ostrea acuminata*, qui, lorsqu'elle se présente, se fait remarquer par

[*] L'*inferior-oolit* ne présente pas constamment les divi-
sions qu'il possède dans les départements de la Meurthe et
de la Moselle ; il faut aller jusqu'à Salins, dans le haut Jura,
pour retrouver cette identité dans les dépôts.

une abondance extraordinaire. Ce fossile constate la présence du fullers-earth sur un grand nombre de points dans le département de la Moselle. Les principales localités où il a été observé sont: les côtes audessus de Novéant, Gravelotte, les Genivaux, les environs de Hayange, d'Auboué, de Briey, Neufchef et Ranguevaux; Angevillers et toute la plaine d'Aumetz, Bréhain-la-Ville, Longwy (les glacis de la place), Romain, la tranchée sur la route rectifiée de Longuyon à Longwy, au-dessus de Longuyon, enfin le chemin de la Malmaison à Virton.

Ostrea acuminata.

Les couches polymorphes du fullers-earth constituent un grès derrière Hayange, une marne noire à Longwy, une marne calcareuse jaune aux Genivaux; près d'Angeviller, un calcaire très-compacte, etc

Le fullers-earth possède des bancs de calcaire non moins variables dans leur constitution que le fullers-earth proprement dit; à Longwy, ces bancs ont une puissance de plus de 20 mètres, présentent de fines oolithes, et se caractérisent par l'*Avicula tegulata;* à Gravelotte, ces bancs calcaires ont l'aspect de la grande oolithe: des grains fins mêlés à des débris de coquilles; à Gorze, la roche est formée de grosses oolithes.

Grande oolithe. — Dans le département de la Moselle le dépôt de la grande oolithe est presque exclusivement calcaire. La roche dominante est un calcaire d'un jaune clair dans lequel on distingue de très-petites oolithes réunies par un ciment spathique entremêlé d'une grande quantité de coquilles tellement brisées (Jaumont, Ranguevaux), qu'on ne saurait y reconnaître la moindre forme. L'abondance ou la rareté du ciment constitue les différences les plus tranchées que l'on remarque entre les échantillons

5.

de diverses provenances. Aux Genivaux, la roche est formée de grains plus gros et renferme quelques *Gastéropodes* microscopiques ; exceptionnellement on trouve quelques fossiles isolés dans le cimetière de Gorze, à Puzieux, près de Mars-la-Tour. Entre Villers-la-Chèvre et Tellancourt, en face d'une carrière appelée le *Pas-Bayard*, est une très-petite localité où se rencontrent des fossiles aussi abondants que variés, la plupart sont *nouveaux*, et leur conservation est telle, qu'elle a fourni des éléments précieux pour l'étude de certains genres imparfaitement connus jusqu'à ce

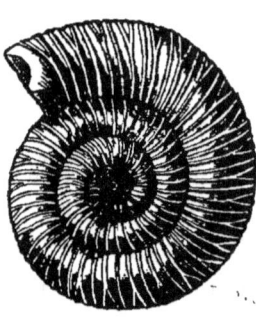

Ammonites Parkinsoni.

jour, *Gresslya, Ceromya, Pleuromya, Myopsis, Homomya, Arcomya, etc.* Quand le ciment est abondant, la roche est assez dure ; elle est au contraire très-tendre quand il fait défaut, et elle paraît alors composée d'une multitude de petites oolithes juxtaposées. Ce calcaire à petites oolithes forme ordinairement des bancs massifs excessivement épais, sans stratification apparente, dans lesquels paraissent seulement d'une manière très-distincte des strates obliques à la stratification. C'est lui qui fournit les pierres de taille estimées qu'on exploite dans toute la région occidentale du département. Il ne succède pas immédiatement au fullers-earth ; l'intervalle est occupé par des couches d'un calcaire grisâtre également oolithique, qui ont au plus 0m,50 d'épaisseur. Au-dessus de Longuyon, elles renferment des intercalations marreuses criblées d'oolithes qu'il est facile d'isoler. Des couches calcaires semblables, mais dans lesquelles les oolithes sont beaucoup plus grosses, sont superposées au calcaire massif et couronnent la formation. On y rencontre, près de Joppécourt, des bancs extrêmement résistants fossilifères qui rappellent jusqu'à un certain point le calcaire à Polypiers.

La grande oolithe est assez développée dans la Moselle ; toutefois son épaisseur s'élève rarement à 30 mètres. Comme l'indique l'état de ses fossiles, ce dépôt paraît s'être formé au sein d'une mer agitée. On peut l'étudier sur un grand nombre de points des arrondissements de Metz, de Briey et de Thionville. Elle occupe, en général, le sommet des collines.

ASSISE SUPÉRIEURE. — Cette assise comprend le *bradford-clay*, le *forest-marble* et le *cornbrash* des Anglais.

Bradford-clay (bradfordien). — Le dépôt qui est superposé à la grande oolithe et qui est l'équivalent de l'argile de Bradford des Anglais, s'étend dans les cantons de Longuyon, de Briey, de Conflans et de Gorze ; il est principalement composé d'argiles ou de marnes fortement argileuses, de couleur bleuâtre ou brunâtre, et qui renferment une grande quantité de grosses oolithes ferrugineuses ; on y trouve aussi des roches bien agrégées formant des couches au milieu des argiles et souvent de simples lits de rognons juxtaposés. Ce sont des calcaires, les uns grenus et terreux, les autres légèrement saccharoïdes, qui offrent assez souvent une grande ténacité ; ils sont grisâtres ou brunâtres ; quelques-uns présentent un noyau bleu. Ces calcaires, comme les argiles, contiennent beaucoup d'oolithes aplaties de la grosseur d'un pois. Les fossiles sont très-nombreux dans cette formation et généralement bien conservés. On y remarque surtout une très-grande quantité de *Térébratules*, des *Huîtres* (*Ostrea acuminata*, *Ostrea costata*), des *Ammonites*, des *Trigonies*, des *Pholadomyes*, des *Peignes*, des *Limes*, des *Echynides* (*Acrosalenia*) et des *Polypiers*. Ils se trouvent aussi bien dans les argiles que dans les bancs de pierres ; ces derniers en sont quelquefois criblés et constituent de véritables lumachelles.

Le plateau qui domine Gorze, les tranchées de la route de Metz à Paris, les environs de Conflans, de Mainville, de Mercy-le-Haut, de Villers-le-Rond, de Xivry-Circourt, etc., sont d'excellents points d'observation pour étudier le dépôt des marnes bradfordiennes avec leur calcaire subordonné. Dans ces différentes localités, on remarque que les assises calcaires occupent principalement la partie inférieure du dépôt ; la partie supérieure est surtout argileuse et très-propre, par sa compacité, à retenir les eaux. De là vient que l'on rencontre un grand nombre d'étangs vers la limite du département de la Meurthe, où cette assise est surtout développée.

Forest-marble et Cornbrash. — Le forest-marble et le cornbrash, qui forment en Angleterre deux assises distinctes, se confondent dans notre département en une seule qui se montre constituée d'alternances de marnes et de calcaires-marneux.

A l'extrémité occidentale du département, entre Longuyon et Marville, l'argile bradfordienne que l'on observe près de Noers et Villers-le-Rond, est recouverte par un système de couches calcaires peu épaisses qui peut avoir de 10 à 20 mètres de puissance totale. Ces couches, qui tiennent dans cette localité la place du forest-marble et du cornbrash, rappellent tout à fait la partie supérieure de la grande oolithe des environs de Gorze ; elles sont formées d'un calcaire grenu un peu cristallin, tout criblé d'oolithes moyennes ; leur couleur générale est gris clair, un peu jaunâtre. Elles sont excessivement pauvres en fossiles et ne renferment point d'intercalations marneuses. On les exploite au-dessus des deux Failly pour en tirer des moellons. Un peu au sud de Failly, ces couches sont recouvertes par l'argile d'Oxford. On les rencontre encore à Thiaucourt, où les vignobles sont plantés dans cette assise, la grande oolithe occupant le fond de la vallée comme au Grand-Failly.

La faune du forest-marble et du cornbrash diffère peu de celle de la formation bradfordienne. La carrière de corn-brash du Grand-Failly n'a encore fourni aucun fossile.

Débris organiques du Terrain oolithique. — On

trouve dans l'Oolithe inférieure un nombre considérable de corps organisés fossiles, des *Echynides* (*Clypeus patella, Echinus diadema, Astropecten,* etc.), des *Polypiers* (*Isastrea serealis, Isastrea Conybeari*), des *Annélides* (*Galeolaria socialis,* etc.), des *Mollusques* dont les espèces les plus abondantes appartiennent aux genres *Belem-*

Isastrea Conybeari.

nites, Ammonites, Chemnitzia, Pholadomya, Pleuromya, Ceromya, Mytilus, Avicula, Lima, Pecten, Ostrea, Terebratula, etc.

Emploi des roches. — C'est dans la Formation oolithique qu'on tire la plupart des matériaux qui servent aux constructions dans le département. La pierre de taille fournie par la grande oolithe est tirée des gros bancs qui constituent la partie moyenne de l'étage. C'est un calcaire jaunâtre moins tendre que le grès bigarré, mais qui se laisse cependant tailler avec facilité ; il n'est point gélif ; il prend et conserve bien les empreintes les plus délicates de la sculpture. Parmi les principales localités d'où on le tire, nous citerons Gorze, Rezonville, Amanvillers, Jaumont (commune de Roncourt), Malancourt, Moyeuvre-Grande, Malmaison, près de Briey, Ranguevaux, Neufchef, Bassompierre, Havange, Fillière, Mexy, Cosnes, le Pas-de-Bayard (commune de Fresnois-la-Montagne), Allondrelle et Bromont. Les bancs de l'Oolithe inférieure sont encore exploités pour cet usage à Escherange, Ottange, Audun-le-Tiche et Hautcourt; ils atteignent une puissance de 2 mètres, ce qui permet d'en tirer des échantillons de grande dimension. La pierre de taille qu'ils fournissent est grisâtre ; c'est un calcaire lamellaire, un peu celluleux, renfermant une assez forte proportion de sable ; il est passablement résistant. Toutes ces carrières de pierres de taille fournissent non-seulement des matériaux aux diverses régions du département, mais il s'en fait encore un commerce assez considérable avec la Belgique et le grand-duché de Luxembourg.

Les assises du Terrain oolithique propres à fournir des moellons sont, comme dans toutes les formations, beaucoup plus communes que celles d'où on tire les pierres de taille ; car il suffit pour faire un bon moellon que la roche offre une certaine solidité et résiste à l'action des agents atmosphériques. Ce sont encore les assises de l'Oolithe inférieure, et principalement la grande oolithe, qui produisent la plus grande partie des moellons que l'on emploie dans le département. La partie inférieure de la Formation, le calcaire ferrugineux et les bancs du calcaire subcompacte, sont également exploités sur de nombreux points des arrondissements de Metz, Briey et Thionville, pour le même usage. Les carrières de Lessy, Rozérieulles et des Genivaux fournissent les moellons de cette espèce qui servent aux constructions de la ville de Metz. Les gros bancs à *Entroques,* qui sont associés au calcaire à Polypiers,

ainsi que plusieurs autres roches oolithiques, donnent de
bons pavés.

C'est avec les calcaires de la Formation oolithique, et
surtout avec le calcaire à Polypiers, que sont entretenues
les routes de la partie du département située à l'ouest
de la Moselle. On obtient, sur quelques-unes de ces routes,
une grande amélioration en mélangeant au calcaire à Polypiers une certaine quantité de quartz-jaspes, associés
aux minerais de fer qui se trouvent avec une certaine abondance sur les confins de la Meuse. Le calcaire, vulgairement
appelé *castine*, qui sert de fondant dans les usines de la
Moselle, est pris, pour la plus grande partie, dans le calcaire
à Polypiers et dans les bancs du calcaire ferrugineux et
du calcaire subcompacte. Toutes les roches calcaires de
la Formation peuvent servir à la préparation de la chaux
grasse ; les roches argileuses sont exploitées pour la fabrication des briques et des tuiles.

Agriculture. — Les sols que l'Oolithe offre, sont, ainsi
que ceux du Lias, de composition variée : il y en a de
calcaires, de marneux et même d'argileux. Sans être aussi
riches que ceux du calcaire à Gryphées, ces sols peuvent
être rangés parmi les meilleurs du département ; ils sont
principalement utilisés pour la production des céréales.
On peut surtout citer, à cause de leur fertilité, les terres
qui s'étendent sur l'argile bradfordienne et qui constituent
le pays connu sous le nom de Woëvre ; c'est la région
la plus riche de la grande plaine qui couvre tout l'arrondissement de Briey. Le calcaire à Polypiers est le seul
membre de la Formation qui donne lieu à un sol médiocre.
La terre végétale qui repose sur ce calcaire est souvent
très-mince et se mêle à une si grande quantité de fragments
calcaires, qu'elle devient presque totalement aride. On voit

des forêts peuplées d'essences diverses, — des chênes,
des hêtres, des charmes, etc., — s'étendre sur une portion
de l'espace que ce sol occupe. Là, au contraire, où le
calcaire à Polypiers a été déboisé, la terre arable ayant
été enlevée par les eaux sauvages, le sol est à peu près
stérile ; il ne produit souvent qu'un rare gazon dont la
maigreur contraste avec la belle végétation des forêts. On
abandonne généralement la culture de la vigne sur l'Oolithe,
si ce n'est dans la vallée du Rupt-de-Mad, où elle est
plantée dans le calcaire ferrugineux ; à Thiaucourt, où
elle se trouve dans les roches du forest-marble et vers la
limite de la Meuse, au sud-ouest de Longwy, où elle recouvre des couches calcaires qui appartiennent au cornbrash et au forest-marble.

L'Étage oolithique inférieur, avec ses alternances de
couches calcaires perméables et de marnes argileuses
étanches, offre une disposition éminemment propre à la production des sources. On rencontre dans ce terrain autant
de nappes qu'il y a d'assises marneuses, savoir : au-dessus
des marnes à Bélemnites qui recouvrent l'hydroxyde oolithique, au contact du fullers-earth et de la grande oolithe
et à la base des calcaires de Failly ; on trouve aussi quelques suintements dans les bancs solides du bradford-clay,
mais ils sont peu volumineux. Le premier niveau, le même
que nous avons déjà signalé à la partie supérieure du Lias,
est de beaucoup le plus important. Correspondant à une
formation qui est assez épaisse et recueillant même, comme
nous l'expliquerons tout à l'heure, une partie des eaux des
terrains supérieurs de l'Oolithe, il donne lieu à des épan-
chements très-considérables. La plus grande partie des
sources qui existent dans la vallée, à l'ouest de la Moselle,
tirent leurs eaux de cette nappe ; ce sont en particulier les

bouillons de Gorze, les sources de Mance et de Montvaux, celles de Scy et de Lessy qui alimentent en partie la ville de Metz, la belle fontaine de Clouange, dans la vallée de l'Orne, les sources de la Fensch, celle de la Crusnes, de l'Alzette, du ruisseau de Cotituing, etc. Le niveau d'eau qui correspond au fullers-earth s'épanche à la surface en sources assez rapprochées, mais peu volumineuses, et quant au calcaire de Failly, il en sort passablement d'eau ; mais l'étendue de cette nappe est excessivement limitée dans le département, comme celle du calcaire lui-même. La contrée de cette région la moins bien pourvue d'eau est celle qui repose sur le bradford-clay ; on y rencontre très-peu de sources, circonstance que l'on doit attribuer à la compacité de l'argile bradfordienne et au peu d'étendue des couches perméables. En revanche, cette compacité a été mise à profit pour y retenir les eaux qui coulent à la sur-face et en former des étangs qui sont assez nombreux dans la partie supérieure de ce terrain, aux confins du départe-ment de la Meuse. L'extrême perméabilité des calcaires de l'Oolithe donne lieu, au contraire, à des phénomènes in-verses ; il n'est pas rare de voir un ruisseau, après avoir coulé pendant quelque temps à la surface du plateau, dis-paraître tout à coup dans ces calcaires. Ces pertes d'eau sont très-communes dans l'arrondissement de Briey ; les plus connues sont celles de Havange et du Grand-Bichet, commune de Mercy-le-Bas. Selon toute vraisemblance, les eaux qui disparaissent ainsi contribuent à alimenter les sources qui prennent naissance dans les vallées voisines à un niveau géologique inférieur.

C'est principalement dans l'Oolithe que l'on peut remar-quer les rapports qui existent d'une manière presque cons-tante entre la position des habitations et la distribution des eaux souterraines et des sources. Une première ligne de villages est placée à mi-côte sur la falaise qui termine le plateau ; elle est habituellement alimentée par les sources du premier niveau : Novéant, Dornot, Vaux, Jussy, Scy, Plappeville, Marange, Rombas et une foule d'autres localités sont situées dans cette position. Sur le plateau, les habitations sont souvent groupées au contact du fullers-earth et de la grande oolithe où se trouvent fréquemment de petites sources, mais on en voit aussi beaucoup sur cette formation ; celles-là se procurent l'eau qui leur est nécessaire en creusant des puits qui descendent généralement jusqu'aux premières assises des couches à *Ostrea acuminata*. Il n'y a jamais de villages, au contraire, sur le calcaire à Polypiers, parce qu'il faudrait descendre à une trop grande profondeur pour y rechercher l'eau. On ne connaît dans la Moselle que Longwy qui fasse exception à cette règle; les puits qui procurent de l'eau à cette ville ont traversé toute l'Oolithe inférieure ; ils ont 60 mètres de profondeur. Mais Longwy est une place de guerre dont l'emplacement a été déterminé bien plutôt par des considérations stratégiques que par la nature.

X. — TERRAIN TERTIAIRE.

(FERS D'ÉPANCHEMENT ET DE TRANSPORT.)

Étendue et puissance. — Le Terrain tertiaire est représenté dans le département de la Moselle par les minerais de fer d'épanchement et de transport. Les dépôts que forment ces minerais sont généralement intercalés dans la partie inférieure de la Formation oolithique ; ils remplissent. le plus souvent, de grands intervalles coniques ou des cavités allongées dont les parois sont formées par les couches du *calcaire à Polypiers* et du *fullers-earth* ; quelquefois ils sont simplement superficiels. Dans le premier cas, les blocs et les grains de minerai offrent presque constamment des surfaces couvertes d'aspérités délicates et ont tous les caractères d'un dépôt qui s'est opéré sur place. Mais quelques-uns d'entre eux, longtemps après avoir été déposés, ont subi l'action des courants diluviens, et ils ne fournissent que des grains de petite dimension, à surfaces lisses, au milieu desquels on rencontre quelques cailloux roulés et des ossements d'*Animaux vertébrés*. C'est ce qui arrive le plus souvent pour les dépôts superficiels. L'arrondissement de Bricy est celui qui renferme le plus grand nombre de ces dépôts. Les gîtes des minerais de fer ne sont pas répandus uniformément sur la surface du plateau jurassique que cet

arrondissement occupe; le *fer d'épanchement* est un fait
local qui s'est produit, comme point central, à Aumetz, et
s'est étendu d'une manière assez restreinte aux lieux circon-
voisins, dans la direction de Butte et d'Audun-le-Tiche.
Les amas du *fer de transport* (fer en grains) sont plus nombreux; les plus importants d'entre eux sont alignés le long
de la falaise qui termine le plateau oolithique du côté du
nord, et on n'en trouve plus que de faibles traces au sud
d'une ligne tirée d'Aumetz à Longuyon. Les principales
communes de cette région dans lesquelles le fer en grains a
été rencontré sont celles de Volmerange, Ottange, Aumetz,
Audun-le-Tiche, Villerupt, Tiercelet, Bréhain-la-Ville,
Crusnes, Fillières, Hussigny, Longwy, Cosnes, Saint-Pancré, Gorcy, Ville-Houdlemont, Fresnois-la-Montagne, Tellancourt. Lexy, Cons-la-Grandville, Bromont, Montigny-sur-
Chiers, Allondrelle, Malmaison, Vezin, Longuyon, etc.
Toutes ces communes ne sont point également riches en
minerai; quelques-unes ne possèdent même que des dépôts
insignifiants.

La falaise qui termine le plateau jurassique du côté de
l'est, renferme aussi quelques gîtes de minerai de fer
en grains; ce sont ceux d'Escherange, de Molvange,
d'Angevillers, de Ranguevaux, de Malancourt, de Norroy-
le-Veneur, etc.

Les minerais de fer de la Formation tertiaire qui sont
épars sur nos coteaux oolithiques, présentent souvent
des dépôts très-puissants.

La formation du fer de transport, si précieuse pour
l'industrie du fer, se trouve encore à l'autre extrémité
du département, dans les collines qui dominent les villages
de Berweiller, Nieder-Villing, Rémering et Château-Rouge;
mais elle y est bien moins développée que dans l'arron-

dissement de Briey ; dans ces localités, le minerai remplit, sur une hauteur de 1 à 4 mètres, des fentes sinueuses, des espèces de cavernes creusées dans les couches solides du muschelkalk supérieur.

Composition. — Le Terrain tertiaire de notre département se compose de roches de différentes natures qui comprennent principalement, comme nous venons de le voir, des *fers d'épanchement* et de *transport*, ainsi que des *argiles*.

Les amas que forme le fer d'épanchement sont habituellement un oxyde de fer hydraté, de couleur brune veinée de jaune ; il est entièrement pénétré de quartz qui tapisse, à l'état de cristaux, les géodes et les veinules dont la roche est criblée. On trouve cependant aussi du minerai qui ne contient pas la proportion d'eau propre à l'hydrate de peroxyde ; il est d'une couleur brune très-foncée, tachée de rouge ; la poussière est d'un rouge brunâtre[1]. Le fer de transport, qui est également un oxyde

---

[1] Le système de l'*inferior-oolit* s'est fracturé et il s'est produit une source contenant du carbonate de fer et de la silice ; le fer s'est bientôt oxydé, y a formé une enveloppe résistante, renfermant de la silice gélatineuse ; de là des géodes d'hydroxyde de fer tapissées de silice aciculaire. Lorsque la silice était privée d'enveloppe, elle s'est solidifiée, a pris l'aspect d'un silex pyromaque, sali par l'hydroxyde. Ces blocs, de grosseurs variables, qui, extérieurement ressemblent au beau minerai, sont presque infusibles dans les hauts-fourneaux où ils causent parfois des engorgements, demandant beaucoup de castine pour leur fusion et une chaleur plus forte que le minerai ; ils sont le plus souvent réduits à l'état pâteux, et, dans ces circonstances, ils agglutinent de notables quantités de fonte en fusion ; de là leur nom de *coquin* ou de *faux*.

de fer hydraté, est formé de grains généralement de la grosseur d'un pois, de couleur brune , à surface lisse. Ces minerias et les masses siliceuses qui y sont associées, sont disséminés dans des argiles sableuses, rouges ou jaunes, qui se divisent en fragments irréguliers recouverts, à la surface, d'un enduit très-mince d'oxyde de fer ou d'oxyde de manganèse. Les minerais et l'argile qui les renferme sont rarement en contact avec la roche calcaire ; ils sont enveloppés le plus souvent par une argile plus compacte à laquelle les mineurs donnent le nom de *paroi*.

Sur les côtes d'Arry et de Lorry-devant-le-Pont, on trouve le fer en grains aggluliné par un ciment calcaire.

Dans la Formation conchylienne, l'argile qui renferme les minerais contient, comme dans le terrain oolithique, des fragments de silex et des galets de quartz qui ont été roulés ; elle contient aussi des os de *Mammifères* ; ce qui porte à penser que ces gîtes ne sont que des remaniements opérés par les eaux diluviennes sur des amas analogues à ceux d'Aumetz, de Butte, etc.

Débris organiques. — Il n'est pas rare de trouver dans les fers de la période tertiaire de l'arrondissement de Briey, des moules ou des empreintes de fossiles, parfois parfaitement conservés, qui démontrent que le transport ne s'est pas effectué de loin et appartiennent au Terrain oolithique. On a aussi rencontré dans les minières d'Aumetz un tronc d'arbre qui a été transformé en minerai et dans lequel la structure ligneus e est parfaiteme nt reconnaissable.

Emploi des fers d'épanchement et de transport. — Les riches et puissants dépôts de ces minerais de fer qui forment le Terrain tertiaire, constituent une ressource excessivement précieuse pour les usines à fer du département. Ce sont eux qui ont déterminé la création des nombreux établissements métallurgiques des arrondissements de Briey et de Thionville, et qui ont fait la réputation des fontes et des fers au bois de la Moselle.

La silice disséminée qu'ils renferment contribue à rendre le laitier plus fusible et à donner de l'activité aux hauts-fourneaux.

———

XI. — TERRAIN DILUVIEN.

(DILUVIUM OU ANCIENNES ALLUVIONS.)

Étendue et puissance. — On distingue dans le département deux espèces de *Diluvium*, celui des *plateaux* et celui des *vallées*. Leur étendue et leur puissance sont très-variables. Le premier se rencontre surtout sur les coteaux qui bordent la vallée de la Sarre, mais il se montre indifféremment sur tous les terrains. Il atteint rarement, dans la Moselle, une épaisseur de 3 à 4 mètres. C'est à ce diluvium qu'on rapporte les cailloux quartzeux qu'on trouve à la surface de nos coteaux jurassiques et triasiques, et qui appartiennent à des roches tout à fait différentes de celles qu'on y rencontre actuellement [1].

Le second diluvium, celui des vallées, occupe des espaces plus ou moins grands dans les bassins des principaux cours d'eau du département. Les vallées de la Moselle, de la Seille, des deux Nied, de la Sarre et de l'Orne présentent des dépôts de cette espèce. La puissance moyenne du dépôt diluvien qui couvre un espace considérable au sud de Metz, entre la Moselle et la Seille et les alluvions de ces deux cours d'eau, peut être évaluée de 10 à 15 mètres.

---

[1] Dans la plaine de Briey on trouve quelquefois de ces cailloux à 600 mètres au-dessus du niveau de la mer, et à plus de 200 mètres au-dessus du fond des vallées voisines.

Composition des dépôts diluviens. — Ce qui caractérise le diluvium des plateaux, c'est qu'il est uniforme sur quelque point du département qu'on l'observe. Il est composé d'un limon jaune, jaspé de blanc, dans lequel on rencontre des cailloux exclusivement quartzeux. On lui rapporte les blocs souvent énormes du quartz-jaspe qui se trouvent disséminés à la surface du plateau dans les environs de Landres et de Longuyon.

Le diluvium des vallées se distingue de celui des coteaux en ce qu'il renferme, en outre du limon jaune et des cailloux de quartz, des galets de roches qui proviennent de la chaîne des Vosges ou qui sont empruntés aux terrains que ces vallées contiennent. Le caractère le plus constant du Terrain diluvien qui recouvre la Formation des Marnes irisées ou celle du Lias sur les bords de la Nied, est de se présenter sous la forme d'un limon argilo-sableux jaune, jaspé de blanc, renfermant quelques galets épars et roulés de quartz ou de quartzite. C'est ainsi qu'il paraît dans la vaste forêt de Rémilly, sur la rive gauche de la Nied française, entre Han et Courcelles, et, plus au nord, entre Guinkirchen et Gomelange. On trouve quelquefois, au-dessous du limon, du sable ou même un gravier assez grossier formé aux dépens des roches dures du voisinage ; cela a lieu en particulier près de Gomelange et d'Aube. Dans les environs de Thimonville et de Courcelles-sur-Nied, le limon jaune renferme de gros grains de minerai de fer à surfaces émoussées, présentant dans leur intérieur une structure lamellaire, et empâtant des grains arrondis de dimensions plus petites. La présence de minerais de cette espèce dans le limon diluvien est assez commune ; elle est surtout fréquente dans le voisinage des marnes à ovoïdes ; seulement les minerais

6

y sont disséminés en trop petite quantité pour pouvoir
être exploités.

Le point où l'on peut le mieux observer le diluvium
des vallées, dans le département, est sans contredit la vaste
plaine qui s'étend au sud de Metz, entre la Seille et la
Moselle, et dont la partie la plus rapprochée de cette
ville porte le nom caractéristique de Sablon. Cette
plaine est remarquablement unie et plate ; son altitude
est d'environ 200 mètres. Son sol est, pour la plus
grande partie, composé d'un gravier dont les éléments
sont assez volumineux et offrent divers degrés d'usure ;
ils sont empruntés tant aux formations du voisinage qu'aux
roches qui constituent le noyau central des Vosges.
Toutefois le gravier est recouvert, sur de nombreux
points, et principalement vers le sud, par un limon argilo-
sableux jaunâtre, jaspé de blanc, qui ne diffère point
de celui dont nous avons signalé la présence sur les
rives des Nied. La disposition par suite de laquelle ces
deux natures de terrain sont placées en recouvrement
l'une au-dessus de l'autre, est très-constante. On observe
aussi une certaine symétrie dans le dépôt du gravier ;
ainsi on le trouve fréquemment disposé par bandes offrant
divers degrés de trituration. Cela se voit bien dans les
nombreuses sablonnières et les tranchées du chemin de
fer ouvertes dans ce dépôt diluvien. Dans les environs de
Coin-lès-Cuvry, on trouve le gravier agglutiné par un ciment calcaire.

Débris organiques. — Les dépôts diluviens sont assez
riches en débris organisés fossiles. On a trouvé, sur les
bords des Nied, à Louvigny, des ossements et une tête de
Rhinocéros; à Gomelange, une dent du même animal. On
rencontre assez fréquemment des dents et des défenses

d'*Éléphants* dans les sablonnières exploitées près de Metz dans le dépôt diluvien de la plaine du Sablon.

On a encore signalé, dans le Sablon, des os de *Cheval* qui ont des proportions bien plus grandes que celles qu'on leur voit aujourd'hui.

Quand le courant venait par la vallée de la Seille, il entraînait des débris uniquement liasiques : *Gryphées arquées, Plagiostomes, Térébratules*; quand il prenait sa direction par la vallée de la Moselle, il charriait des fragm ents de *roches coralliennes* qu'il arrachait aux gisem ents entre Toul et Saint-Mihiel.

Emploi des roches. — Le sable qu'on tire du Diluvium, analogue à celui du Sablon, près de Metz, est recherché pour faire le mortier ; il sert aussi à sabler les allées des jardins et à amender les terres arables trop argileuses. Les cailloux triés donnent de bons matériaux pour recharger les routes. Dans les jaspes en rognons qu'on rencontre dans les dépôts diluviens, on trouve quelques variétés qui mériteraient d'être polies ; elles présenteraient de beaux effets.

Agriculture. — Les sols arables formés par le Diluvium ont des caractères tranchés, et pour ainsi dire opposés, suivant que le Diluvium se trouve sur les plateaux ou dans les vallées. Le Terrain diluvien qui recouvre la Formation des Marnes irisées ou celle du Lias sur les bords des Nied, se présente généralement sous la forme d'un limon argilo-sableux souvent fort épais ; il donne alors lieu à des sols argileux, compactes, froids, d'une culture très-difficile, et pour la plupart encore boisés. Les défrichements effectués sur ce terrain n'ont produit que des déceptions.

Dans la terre arable du dépôt diluvien qui forme la vaste plaine qui s'étend au sud de Metz, entre la Seille et la Moselle, le carbonate de chaux, l'argile et le sable sont associés suivant des proportions favorables à la végétation.

Le Diluvium, quand il est à l'état de gravier et qu'il repose sur un terrain étanche, peut donner lieu à de belles sources. Celles du Sablon n'ont pas d'autre origine; le dépôt diluvien de cette localité recouvre la partie moyenne du Lias, qui est composée d'assises marneuses imperméables à l'eau; il forme, au-dessus de ces assises, un vaste remblai qui est terminé de toutes parts par une petite terrasse. Les eaux circulant librement dans ce remblai, et étant arrêtées par les marnes du Terrain liasique, il en résulte qu'il y a, au contact des deux terrains, une nappe aquifère se faisant jour sur toute la périphérie et donnant lieu à un grand nombre de sources. Quelques-unes sont fort importantes par leur volume: telles sont celles qui alimentent en partie la ville de Metz et l'usine dite la Papeterie, près de Marly.

XII. — TERRAIN

DES DÉPOTS DE LA PÉRIODE ACTUELLE.

———

Considérations générales. — On désigne sous le nom de *Dépôts de la période actuelle,* les dépôts qui sont produits depuis le commencement de notre ère et qui continuent ou se modifient encore journellement sous nos yeux. Ils comprennent les *Alluvions modernes,* la *Tourbe* et le *Tuf.*

Étendue, puissance et composition des Dépôts de la période actuelle. — *Alluvions.* — L'étendue des alluvions que l'on rencontre sur les bords des rivières et des ruisseaux de notre département est très-variable ; ces alluvions sont des dépôts essentiellement meubles, qui s'arrêtent naturellement à la limite des plus hautes crues que les cours d'eau peuvent atteindre ; ils ne sont jamais bien épais. Parmi les plus étendus du département, nous citerons les alluvions de la Moselle, de la Seille et celles des deux Nied réunies entre Boulay et Bouzonville. Dans la vallée de la Moselle, les Alluvions modernes ne sont pas faciles à circonscrire, attendu qu'elles ne sont que le remaniement d'un dépôt meuble plus ancien, au milieu duquel la rivière a creusé son lit.

Les Alluvions modernes, formées de sables et de limon que déposent tous les jours les cours d'eau, soit par les orages, soit par les inondations, sont en rapport avec la constitution géologique de la vallée à laquelle elles appartiennent ; les éléments qui les composent sont en conséquence très-variables. Celles de la Seille et des deux Nied sont exclusivement formées de débris provenant de toutes les formations neptuniennes des diverses contrées que ces rivières traversent ; elles sont recouvertes d'un limon argileux qui s'accroît lors des crues. Seules, les alluvions de la Moselle ont quelque étendue ; elles sont principalement composées de fragments de roches dures, arrondis par le frottement et qui sont empruntés à la partie centrale des Vosges.

Tourbe. — Les principaux dépôts tourbeux du département se trouvent situés dans les vallées marécageuses de la région occupée par le Grès vosgien, aussi bien dans le pays de Bitche que dans la plaine de Creutzwald. Ils n'ont pas une grande épaisseur.

En dehors de ces gisements principaux, la Tourbe ne forme que quelques dépôts superficiels, tels que ceux des bois des environs de Metz et des bords de la Seille, etc.

La Tourbe est une substance charbonneuse, molle, légère et spongieuse, formée par l'accumulation et l'altération sous l'eau de diverses plantes herbacées ; elle constitue des dépôts qui s'augmentent tous les jours par la croissance périodique de ces plantes qui appartiennent à une flore particulière et dont les plus communes sont des *Sphagnum*, des *Conferva*, des *Drosera*, des *Comarum*, etc. [1].

Tuf. — Le Tuf se rencontre dans toutes les vallées du département où il existe des sources calcaires ; il s'en trouve également dans les contrées que recouvrent le Muschelkalk,

---

[1] Les végétaux herbacés qui constituent la Tourbe la distinguent des houilles et des lignites qui résultent au contraire de l'entassement de gros arbres.

le Lias et l'Oolithe ; mais il s'en faut de beaucoup que
les dépôts qui proviennent des deux premiers terrains
soient aussi nombreux et aussi importants que ceux qui
se montrent dans les vallées du plateau oolithique. Ces
dernières, dans leurs parties supérieures, sont toutes
remblayées pour ainsi dire par du tuf sur une épaisseur
considérable. Celui-ci forme aussi des masses puissantes
qui sont suspendues à leurs flancs au-dessous des points
où il y a des sources fortement chargées de carbonate
de chaux, comme cela se voit à Boismont, dans la vallée
de la Crusne, et à la fontaine de Clouange, dans celle de
l'Orne.

Les dépôts de tuf s'accroissent incessamment en proportion du volume et de la propriété incrustante des eaux
auxquelles ils doivent leur origine.

Les tufs ne sont que des amas de matières pierreuses
que les eaux tiennent en dissolution et qu'elles déposent
sur leur passage. Toutes les eaux qui, avant de s'épancher
au jour, traversent des formations calcaires, renferment
du carbonate de chaux ; cette substance y est retenue par
un excès d'acide carbonique dont ces eaux sont toujours
chargées. A peine sorties du sein de la terre, elles aban-
donnent une partie de leurs principes gazeux, et une
quantité correspondante de carbonate de chaux, rendue
libre, se précipite et forme ces masses grenues et poreuses
qui sont connues sous le nom de *Tuf* ou de *Cron*.

La roche qui constitue ces dépôts est grenue, grisâtre,
très-poreuse et peu consistante ; elle contient des empreintes
et des débris organiques de l'époque actuelle. Le Cron
forme habituellement des masses puissantes qui n'offrent
point de traces de stratification ; il est rarement bien agrégé ;
cependant dans quelques localités il acquiert assez de con-

sistance pour pouvoir être taillé. Toutes les vallées hautes du plateau oolithique renferment du Cron. Les localités dans lesquelles il forme les dépôts les plus épais sont : les environs de Moyeuvre, de Hayange, de Villerupt, de Mainbottel, de Saint-Jacques, de Réhon, de Cons-la-Grand-ville, de Gorcy, etc.

M. Terquem a trouvé, dans les environs de Thionville, près de la ferme de Chaudebourg et dans la direction d'Elange et de Beuvange-sous-Saint-Michel, un dépôt de *tuf ancien* qui est remarquable par l'état d'agrégation de la roche. Les caractères physiques de celle-ci peuvent la faire considérer comme un calcaire lacustre ; elle est sili-ceuse, très-compacte, et renferme des coquilles terrestres et lacustres.

Débris organiques des Dépôts de la période actuelle. — Les Alluvions modernes, qui sont formées par les eaux sauvages qui descendent des collines et par les dépôts que fournissent les cours d'eau, ne renferment jamais aucun produit paléontologique qui leur soit propre. Les débris organisés qu'on y trouve appartiennent aux cours d'eau et aux terrains qui leur ont donné naissance.

La Tourbe, qui elle-même n'est qu'un amas de matières organiques, montrant encore les débris des végétaux her-bacés dont elle provient, ren-ferme beaucoup de racines et de troncs d'arbres profon-dément enfouis, moitié car-bonisés et bien conservés. Elle contient aussi les co-quilles fragiles appartenant à des mollusques que l'on rencontre journellement

Planorbis corneus.   Limnæa
palustris.

dans les eaux stagnantes (*Planorbes, Lymnés, etc.*). Les tour-
bières des environs de Bitche ont donné des bois de *Cerfs* de
grande taille bien conservés. Dans les environs de Longwy,
on a trouvé une corne de *Bœuf* d'une dimension gigantesque.

Les tufs modernes de Lessy, de Clouange, de Mainbottel,
de Knutange, etc., renferment des débris organisés de
l'époque actuelle, des *Plantes*, des coquilles de *Mollusques* flu-
viatiles et terrestres que les eaux entraînent et enveloppent de
calcaire. L'exploitation du tuf de Knutange, pour castine, a
mis au jour un bois de *Cerf* de très-grande taille. On remarque
aussi quelquefois, dans les dépôts de tuf, des lits de bois
fossiles en partie carbonisés.

Emploi des Dépôts de la période actuelle. — Le sable
de la Moselle est d'excellente qualité. On s'en sert non-
seulement dans la vallée que parcourt cette rivière, mais
dans tout le pays limitrophe. Les gros éléments sont
employés, comme ceux des Alluvions anciennes, à l'entretien des routes. Le quartz, qui entre dans la fabrication
des briques réfractaires, s'obtient en broyant les cailloux
blancs de la Moselle ; on fait aussi venir de l'Ardenne belge,
pour cette fabrication, des masses quartzeuses qui proviennent des filons du Terrain de transition.

Le Tuf, quand il est bien agrégé et en masses puissantes,
comme cela se voit dans la vallée de l'Orne et à Sainte-
Claire de Villerupt, peut donner des pierres qui sont
recherchées, à cause de leur faible pesanteur spécifique,
pour la construction des voûtes qui ne sont point exposées
à l'humidité. On l'a appliqué, il y a quelques années,
à cet usage dans la construction d'édifices religieux, et
il paraît que la voûte de la cathédrale de Metz en est
formée. Il est aussi exploité dans plusieurs localités pour
servir de fondant dans les usines de la Moselle.

La Tourbe est le combustible le plus économique; mais son exploitation est généralement dédaignée dans le département, ce qui tient à ce que les gîtes de cette espèce de combustible sont placés dans des contrées où l'on se procure facilement du bois et de la houille. Il y a deux centres d'extraction : le premier est situé au nord de Saint-Avold, dans les environs de Ham-sous-Warsberg, Porcelette et de l'Hôpital ; le second comprend les petites exploitations qui sont disséminées dans les vallées du pays de Bitche, à Philipsbourg, à Sturzelbronn, dans le vallon de Reyerswiller, etc. ; la tourbe qui en provient est brune, peu compacte, très-mélangée de racines ; elle renferme une assez grande proportion de sables quartzeux. Elle est presque exclusivement employée au chauffage de la classe pauvre ; on l'utilise cependant aussi dans quelques distilleries.

La Tourbe a aussi été exploitée autrefois, sur une faible échelle, dans une vallée basse des environs de Vittoncourt. On pourrait l'employer en agriculture pour l'amendement des terres, après l'avoir carbonisée.

Agriculture. — Une majeure partie des Dépôts de la période actuelle occupent si peu d'espace dans le département de la Moselle, que les sols arables qui les recouvrent méritent à peine d'être cités. La composition de la terre végétale des Alluvions est toujours en rapport avec leur constitution géologique. Les alluvions de la Moselle ont seules quelque étendue ; c'est à elles que la plaine riche et variées qui suit le cours de la Moselle, entre Metz et Thionville, doit son étonnante fécondité. La terre végétale de cette plaine, un peu graveleuse, suffisamment perméable à l'air et à l'eau provenant en partie du remaniement du Diluvium que traverse la rivière, est sans doute la meilleure et la plus productive de toutes celles que l'on rencontre dans le département.

Les sols qui reposent sur la Tourbe ne donnent lieu, dans les environs de Bitche et de Creutzwald, qu'à des prairies très-médiocres.

Quant aux Tufs calcaires que l'on rencontre aux environs de Moyeuvre, de Hayange, de Villerupt, etc., ils produisent un sol chaud et peu productif.

———

Nous n'avons pu citer, dans notre travail, toutes les variétés de roches, ni la longue liste des fossiles qui se trouvent dans le département de la Moselle; nous engageons les personnes qui veulent faire une étude plus complète de la Géologie, à visiter le Musée d'histoire naturelle de Metz, où l'on trouve un spécimen de la pétrographie, une exacte représentation des assises, et une série des fossiles les plus caractéristiques avec leur détermination.

METZ. — IMP. F. BLANC.

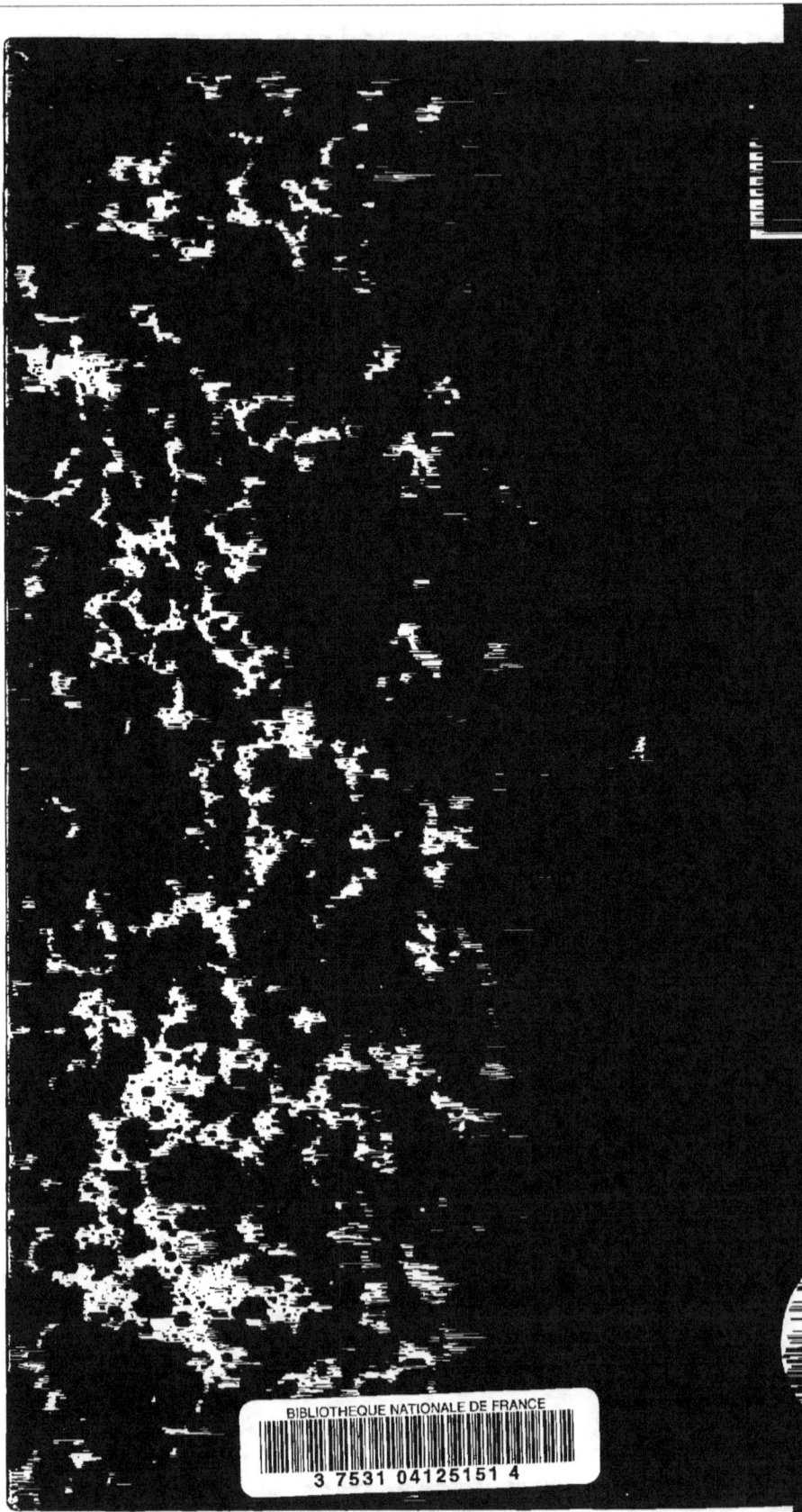

www.ingramcontent.com/pod-product-compliance
Lightning Source LLC
Chambersburg PA
CBHW070800280626
47162CB00016B/1572